DARIA BUNKO

王太子様の白猫花嫁

ゆりの菜櫻

ILLUSTRATION 古藤嗣己

ILLUSTRATION
古藤嗣己

CONTENTS

この作品はフィクションです。

実在の人物・団体・事件などに一切関係ありません。

王太子様の白猫花嫁

『甲斐《かい》なき白猫は竜を従え、夜を明かす』

弱々しい白猫は、身を守るために竜を従えており、外敵に襲われても返り討ちにし、安全に夜を過ごす。転じて、相手を弱いと見下して接していると、思わぬことで足元を掬《すく》われるという意。

〜『東方ことわざ伝来集』より〜

◆ Ⅰ ◆

一度だけ、竜を見たことがある――。

その美しい羽ばたきに目を奪われ、息をするのも忘れた。

それは、ビジャール王国第三王子、ユリアス・サレ・ファンダリアが十二歳の時である。

城の背後に広がる森の奥にある泉で、神々しい銀色の竜を見た。だがそれはほんの僅《わず》かな間で、次に気が付いた時には、ユリアスは泉の畔《ほとり》で倒れていた。

え……？　竜は？

慌《あわ》てて起き上がり、辺りを見渡しても竜の姿はまったくない。いつもと変わらない澄んだ泉があるだけだ。

そんな……今、目の前にいたのに……。

「王子、ユリアス王子！　ああ、よかった。こちらにいらっしゃったんですね。もうすぐメインイベントが始まりますよ。さあ、城へ戻りましょう」

背後の茂みから従者が現れた。今日は父であるビジャール王国の国王の誕生日を祝う祭典が催されており、もうすぐ毎年一番人気の上覧試合《じょうらんじあい》が始まるのだ。

身分関係なく近隣諸国から我こそはと参戦してきた強者《つわもの》たちによる剣の試合は、臣民にも観戦が許され、毎年とても盛り上がる。また優勝者は王から褒美が貰《もら》えるということもあって、この試合に参加できるのはかなりの誉《ほま》れとして受け止められていた。

試合は年齢で階級が分かれており、ユリアスは年少、十五歳までの部で優勝した者に副賞を渡す役を仰《おお》せつかっていた。副賞は美しい虹色の羽根を持つ小鳥、ファンダールで、滅多に手にできない幻の鳥といわれているものだ。

「ねえ。シャンダ、今、竜がいたんだ。竜、どこに行ったか知らない？」

彼なら竜の居所を知っているかもしれない。ユリアスは彼の上着《アビ》の裾《すそ》にしがみついた。

「竜？　王子はまた珍しいものを目にされましたね」

「うん」

「ですが、竜はほとんどこの世界に存在しない聖獣です。竜に似た何かだったかもしれませんね」

「竜に似た何か？」

ユリアスは首を傾《かし》げた。

「ええ、竜は別名『神獣』とも言われ、聖獣の中でも最も神位が高い種族になります。そのため発現率も低く、先祖返りはここ五十年ほど、一人の報告もありません」

「じゃあ、この世にいないの？」

その問いにシャンダは小さく首を振った。

「いいえ、もしかしたら公《おおやけ》にせず、我々の目から逃れ、ひっそりと暮らしている竜がいるかもしれませんね。それならそれで、私たちはそっと見守ることしかできません」

「そうなのか……。友達になりたかったのに」

実はユリアスは聖獣の血を色濃く受け継いだ白猫の先祖返りであった。そのため別の聖獣の先祖返りにとても興味があったのだ。

「いずれ、他の先祖返りの方々と会う機会もございましょう。今はそれよりも陛下の式典に間に合うことが第一でございます。さあ、急ぎましょう」

ユリアスは後ろ髪を引かれる思いを引《ひ》き摺《ず》りながら、シャンダに手を引かれて城へと戻ったのだった。


いよいよ十五歳までの少年が参加する最年少の部が始まり、ユリアスは父に呼ばれ、玉座の隣へと席を与えられた。父の周囲には国の重鎮や護衛の大人たちが大勢おり、いくら父親でもとてもユリアスが気安く声を掛けられる雰囲気ではない。気心の知れた世話係、シャンダは父王の近くの席を許されず、少し遠いところでこの試合を観戦しており、まだ十二歳のユリアスにとっては、心細いものとなった。

「あの銀色の髪の少年、凄《すご》いですな」

後ろに立っていた父の護衛隊長で、ユリアスの剣の師範でもあるゼリス将軍が気を利《き》かせて話し掛けてくれる。言われたまま視線を闘技場に遣《や》ると、仮面で目元を隠した少年が次の試合に出るため、入り口で控えているのが見えた。

「あの少年、王子と同じ十二歳だそうですよ」

「え⁉」

改めてもう一度しっかり見る。その体躯は確かに少年のものだが、ユリアスより年上にしか思えない。

でも……。

ユリアスは僅かに眉間《みけん》に皺《しわ》を寄せた。

あの子、具合があまり良くないみたいだ……。

どうしてかそんな気がした。背筋もしゃんと伸びていて、佇《たたず》まいも凛《りん》としているが、どこか彼の具合の悪さを感じ取ってしまう。

心配になって将軍の顔を見上げるも、将軍はそれに気付いていないようで、笑顔で少年を見守っている。

「顔を隠しているということは、近隣諸国の貴族の子息かもしれませんな。親が、試合に負けると家名に傷がつくといって、勝つまでは顔を出さないようにと、子供に言い聞かせていることが多いですからな」

「貴族……」

確かにここから見ても彼の立ち振る舞いには気品があって、出自の良さを窺《うかが》わせた。

「優勝すれば、顔を晒《さら》すでしょうから、楽しみですな」

優勝。次の試合に彼が勝てば、十五歳までの部で、十二歳の少年が優勝することになる。それは上覧試合史上、最年少記録だ。

驚いて、もう一度視線を戻すと、少年は既《すで》に闘技場の中央に進んでおり、相手と切っ先を交《か》わしていた。試合の前の挨拶《あいさつ》だ。

「始めっ！」

審判の声が高らかに響く。すぐに両者の剣が反応した。少年は相手の剣を受け止め、するりと身を躱《かわ》す。その鮮やかな動きにユリアスは目を瞠《みは》った。

凄い……。あの子、大人みたいに剣捌《さば》きが速い。

相手が斬《き》り掛かってくるのを上手《うま》くいなし、懐《ふところ》に入り込む。いくら相手が模擬剣でも、ユリアスだったら怖くてとてもできない。

観覧席からも大人顔負けの試合に大きな声援が飛ぶ。

「白、いいぞっ！」

「青、負けるなっ」

白と青のリボンを二の腕に巻いた少年たちは、大人たちの声援に、益々動きをヒートアップさせる。さすがに決勝戦まで残った二人だ。子供の動きには見えない。しかし、やはり見比べると、銀の髪の少年のほうが断然動きが軽やかだった。

体調が万全じゃないのに、凄い、あの子……。

その時だった。銀の髪の少年が、相手の振りかざした剣を、目にも止まらぬ速さで薙《な》ぎ払った。

キーン！

金属の鋭い音が響く。空を切る音がしたかと思うと、相手の剣が地面へと突き刺さった。それと同時に、銀の髪の少年の剣先は相手の少年の喉元《のど》に突きつけられていた。

「やめ！　勝者、青っ！」

主審の声にどっと会場が沸く。だがユリアスは少年のあまりの腕の凄さに声も出なかった。

固まっていると、少年がこちらに振り向く。仮面をしているのでしっかり顔は見えないが、それでも視線が合ったような気がした。

「ユリアス王子、勝者にお祝いの品とお言葉を」

背後から将軍に囁《ささや》かれ、はっと我に返る。ユリアスは慌てて立ち上がり、侍従《じじゅう》から渡された虹色の小鳥、ファンダールの入った鳥籠《とりかご》を手に取った。そして赤い絨毯《じゅうたん》が敷かれた階段をゆっくり下り、少年の目の前へと移動する。すると少年がそこで初めて仮面を取った。

「あ……」

蒼《あお》い――蒼い瞳がこちらへ真っ直ぐ向けられる。一瞬どこかで見たような、そんな錯覚に陥《おちい》った。

どこで見たのかな。思い出せない……。

そんなことを考えていると、少年がスッとユリアスの前に跪《ひざまず》いた。それでユリアスは自分の役目を思い出し、恭《うやうや》しく彼に鳥籠を差し出す。続いて彼がそれを受け取ると、会場から惜しみなく拍手が贈られる。

「凄いですね。体調、あまり良くないようでしたが、動きが機敏で、目が離せませんでした。優勝者には後で父から褒美が与えられますが、何か欲しいものはありますか？」

ユリアスが少年にそう言うと、少年の目が大きく見開かれた。

「お前……私が本調子ではないことを見抜いていたのか？」

「え？」

言ってはいけないことだっただろうか？

ユリアスが首を傾げた刹那《せつな》、少年の手がユリアスの手を摑《つか》んできた。

「お前が欲しい。国王陛下から褒美をいただけるのなら、私はお前が欲しい。嫁に来い」

「え……」

辺りが一瞬にして静まり返った。衛兵たちが殺気立つのが子供のユリアスにも伝わってくる。

だが、

「王子っ！　ヴィンセント王子っ！」

突然、観覧席から壮年の男性が転がるように階段を駆け下り、闘技場と観覧席を隔てる柵から躰《からだ》を乗り上げるようにして叫んだ。

「ヴィンセント王子！」

「じい、何度も呼ばなくとも聞こえている」

面倒臭そうに壮年の男を窘《たしな》めながら、少年が立ち上がる。身長はユリアスより少し高かった。

ユリアスは驚きながらも少年の顔を見上げた。

精悍《せいかん》な顔つきをした少年だった。銀の髪が太陽に照らされ、きらきらとしている。金色の髪のユリアスとはまた違う光を放っていた。

「これはこれは、アスタルス王国のヴィンセント王子でございましたか」

観戦していた大臣の一人が、恭しくユリアスの後ろから現れた。先ほど今にも剣を振り上げそうだった衛兵たちも、今は静観している。

それもそうだ。アスタルス王国といえば、大陸屈指の大国である。ユリアスの国、ビジャール王国など経済、軍事においてはアスタルスの足元に及ばない。その王子、しかも第一王子、ヴィンセントとなれば、十二歳の子供であろうが重要な賓客《ひんきゃく》だ。

「恐れながら、ヴィンセント王子。我が国の第三王子、ユリアス様はお美しくあられますが、男性でございます。残念ですが婚姻の申し出は叶わぬものと思われます」

「男なのか？」

大臣の言葉に驚いたようで、彼は視線をユリアスに向けた。

「男です。これでも……」

これでもと言ったのは、ユリアス自身も己の容姿が男らしくないことを知っていたからだ。母や姉からは『可愛い』と、しょっちゅう抱き締められ、着せ替え人形のように次々と服を着せられるが、やはり男としては複雑で、少しコンプレックスにもなっていた。

そんなユリアスの思いに気付いたのかどうかわからないが、ヴィンセントが申し訳なさそうに表情を歪《ゆが》めた。

「いや、そういうことじゃないんだけど……」

そう言う彼をユリアスがじっと見つめていると、彼と再び視線が合った。彼が小さく呟《つぶや》く。

「ごめん……」

大国の王子という立場であるのに、小国の王子に謝るという事態に、周囲の人間が息を呑《の》んだ。だがユリアスはそんな大人の状況に気付かず、ヴィンセントに答えた。

「あ、気にしないでいいよ。実際、よく間違えられるし……」

ついつい言葉遣いが親しげになってしまったが、彼はそのほうがいいのか、嬉しそうな顔をしたので、ユリアスはそのまま続けた。

「それより君、大国の王子なのに、この国の試合に出るなんて、びっくりだよ。どうして試合に？」

「僕に？」

「試合には飛び入りで参加したんだ。こうでもしないとお前に近づけなかったから」

「ああ」

「どうして？」

彼とは初対面だ。彼がそんな風に思ってくれた理由が知りたかった。

「一目惚《ひとめぼ》れだったからだ」

「一目惚れ……？　僕に？　え？　えっと、どこかで会ったことが？」

「それは……くっ……」

いきなり彼が小さく唸《うな》った。

「大丈夫!?」

苦しそうに胸を押さえたヴィンセントにユリアスは慌てて手を差し伸べた。だが、彼はそれをやんわりと断って姿勢を正した。

「お前が言うように、私は今、少しばかり体調が良くないんだ」

「少しばかりって……」

よく見ると少年の手が僅かに震えているのがわかった。額《ひたい》に浮かぶ汗も、もしかしたら冷や汗なのかもしれない。表面上では何でもないように取り繕《つくろ》っているが、かなり具合が悪いようだ。

「こんな状態でよく優勝を……」

「かっこいいところをお前に見せたかったから……」

「僕に見せたいって、どうして……。ううん、今は早くお医者様に診《み》てもらわないと……」

「大丈夫だ。原因はわかっている」

じゃあ尚更《なおさら》、救護室へ行かなければと手を差し伸べると、やんわりと制される。

「いいよ、大丈夫だ。それにここで私が弱っているところを人に見せたくない。いかなる時も強く聡明な王子を見せ続けるのが私の義務だ」

「義務……」

同じ王子でも第三王子である自分とは、心構えに差があるのを感じた。王太子であるがゆえだろうか。そのまま彼を見つめていると、彼がユリアスから一歩離れ、不調を隠すかのように笑顔で観衆に手を上げた。一瞬にして、再びどっと歓声が沸き起こる。それに対して、ヴィンセントは再び手を上げ、声高らかに祝いの言葉を口にした。

「ビジャール国王陛下、謹《つつし》んでお誕生日のお祝いを申し上げます！」

「おぉおっ……」

大国の王子、ヴィンセントが国王の誕生日を祝ったことで、観衆が更に沸く。たった十二歳の少年が、大勢の観衆の心を摑んだ瞬間だった。

凄い……。僕だったら絶対に怯《ひる》んでしまう……。

「さすがはヴィンセント王子ですな。まことにお強うございます。アスタルス王国も王子のような後継者がいらっしゃれば、安泰というもの」

いつの間にかユリアスの隣に立っていた大臣が独《ひと》り言《ご》つ。ユリアスもその通りだと思った。

突然現れた銀の髪の少年。ユリアスは憧《あこが》れの眼差しで、ずっと彼の背中を見続けていた。

そして翌年、十三歳になったユリアスは大国アスタルスに指名され、留学することになる。

その年から、アスタルスは近代的な考えを持つ人材の育成を担うという名目の下、近隣諸国の王族の子女を自分の国へ呼び寄せることにしたのだった。

だがそれは、実質上、紛れもなく人質であり、各国がアスタルス王国に敵対しないようにするための処置でもあった。

ユリアスもまた、ビジャール王国から人質としてアスタルス王国に差し出された王子の一人に違いなかった。

◆　Ⅱ　◆

『大陸創世記』によると、昔、このガゼリア大陸に、ある神が降り立った。

当時、大陸は大小さまざまな国が乱立して戦いに明け暮れていたが、神は大きな獣、聖獣に姿を変えて国々を制し、平和をもたらした。そして神は一人の人間と結婚し、生まれた子供にそれぞれ国を統治するように命じたとされている。

今、ガゼリア大陸には大小二十三の国があるが、うち十の国は神の血を持つ国として別格で扱われている。

神の子孫が祖となる王族には古《いにしえ》の血の証《あか》しとして、聖獣に姿を変えることができる『先祖返り』が時々生まれているからだ。それはガゼリア大陸にしか存在しない特別な人間であり、ガゼリア大陸が他の大陸から『神の住む大陸』と呼ばれる由縁でもある。

だが古き王国の中でも盛衰の差は激しく、大国の庇護でどうにか存続できる国もあれば、ヴィンセントの故郷、アスタルス王国のように絶大な勢力を持って、その権威を大陸中に行き渡らせている国もあった。

十年ほど前から、アスタルスは大陸の平和を維持するために、各国から王子王女を呼び寄せて人質として預かり、他国と平和協定を結ぶようになった。

これによって一時的に平和が保たれたように見えたが、実際はそれでも争いの火種が燻《くすぶ》っており、まだまだ多くの課題が残っているのが現状であった。

＊＊＊

柔らかな風が淡い色の髪をそっと撫《な》で、空へと舞い上がっていく。

ユリアスはアメジストのように輝く魅惑的な紫の瞳を、青い空へと向けた。

アスタルス王国へ留学という名目で人質になって九年の月日が経つ。子供の頃から美しいと称えられてきたユリアスは、青年といわれる年齢になってもその美しさが失われることはなかった。

さすがに今は女性と間違えられることはなくなったが、その白皙《はくせき》の美貌《びぼう》は健在で、姿を見せれば誰もが息を呑むほどになっていた。

『ビジャールの客人は、いずれは王太子を誑《たぶら》かす毒となろう』

そんな言葉が、ひそかにこの国の社交場で囁かれ、王太子、ヴィンセントとの関係を囃《はや》し立てる者が出るほどだ。

今日、ユリアスはある伯爵夫人が主催するサロンに呼ばれていた。華やかなそれは、残念ながらユリアスの心を摑むほどのものではなかったが、王城に閉じ籠《こ》もってばかりいると、気が滅入るのも確かで、ユリアスは時々こうやって気の向くまま、いろんなサロンに顔を出していた。

「どうされました？　ユリアス様」

空を見上げていると、一人の貴婦人が近づいて声を掛けてくる。

「いえ、空がとても青くて綺麗だなと思い、見ておりました」

「ふふ……。面白いことをおっしゃるのね。あちらでベルゼール様がピアノをご披露してくださるそうよ。いらして」

「ええ、すぐに参ります。マダム」

ユリアスは極上の笑みを貴婦人に向けた。すると彼女が少し頰《ほほ》を赤らめ、ちらりと意味ありげな視線を寄越す。だがユリアスはそれに気付かぬ振りをして、視線を空へと戻した。

もうそんな色を含む視線を躱すことには慣れていた。

ユリアスがこの国へ来てから既に九年。一緒に留学していた王子、王女はこの九年の間に入れ替わり、人質の顔ぶれは大きく変わっていたが、ユリアスだけはどうしてか帰国を許されず、未だアスタルスに残っている。今やユリアスも、そしてこの国の王太子でもあるヴィンセントもとうに成人し、二十二歳となっていた。

人質といっても待遇はいい。護衛という名の監視人を連れてなら外出が許されるし、王城内では客人扱いだ。だがそれでもユリアスの心は安らいだことはない。

理由は幾つかあるが、一番は、ユリアスが持つ秘密のせいであった。

秘密――。それはユリアスが先祖返りで聖獣、白猫の血を色濃く受け継いでいるという、誰にも知られてはいけないトップシークレットのものである。

先祖返りは吉兆《きっちょう》の証しといわれ、各王国とも、先祖返りの子供が生まれると、皆が国の繁栄を約束されたと慶事として受け止める。

ユリアスの国、ビジャール王国は、代々神の血が流れているとされる由緒正しい王国だ。そのため古くから王族には、時々先祖返りが生まれていた。

ユリアスもその一人であった。ただユリアスの場合、姉の第一王女も先祖返りで、孔雀《くじゃく》の聖獣であった。

孔雀は女王陛下の聖獣といわれており、国を繁栄に導くのに最も良い先祖返りとされている。

一方、白猫の先祖返りは女子のほうが力は強く、男子は女子のそれに対して、おこぼれ程度の力しかないと言われていた。そのためユリアスは先祖返りとして生まれたのにもかかわらず、姉の陰に隠れ、あまり重要視されていなかった。

ユリアスがこうやって国の外に出されてしまったのも、そういう経緯があったからだと自分では納得している。

だがそんな中途半端な力であろうとも、他の人間にとっては白猫の先祖返りであることには間違いない。欲望まみれの人間からは男子の白猫も魅力的な存在であった。

白猫は、手に入れると、その主人に地位と財産、名誉、そして幸福をもたらすといわれており、多くの人々が最も欲する聖獣である。しかも聖獣の中で一番攻撃力が弱く、人間とさほど変わらない戦闘能力であるために、昔から狙《ねら》われやすい聖獣の一種でもあった。

先祖返りそのものが少ないのに、その中でも白猫を探すのは至難の業《わざ》で、一度見つかれば誘《ゆう》拐《かい》されたり、闇市で売り飛ばされたりなど犯罪に巻き込まれることが他の聖獣に比べて多いとされている。

ユリアスも自分が白猫の先祖返りであることを他人に教えようとは思わなかった。知られたら、それがどこかに広まり、犯罪に巻き込まれてしまう可能性が高いからである。

使用人もそうだ。自分の身の周りの世話をする人間は、何だかんだと理由をつけて、故郷から一緒に来た従者、シャンダに任せていた。なるべく先祖返りであることを他者に知られないためだ。

充分に注意をしているお陰か、未だアスタルス王国の人間にはユリアスが先祖返りであることを誰にも知られていなかった。ただし、一人を除いてではあるが――。

「ユリアス様、まだここにいらしたのですね」

再び声が掛かり、そちらへ視線を移すと、先ほどの貴婦人が立っていた。そのままユリアスがいるバルコニーへとやってくる。

「ピアノの演奏会、ご興味はありません？　実はわたくしも、ですのよ」

必要以上に躰を寄せてきた。あまりにあからさまで、ユリアスもつい苦笑してしまう。

「そうなんですか？　マダム」

「ねえ、でしたら、わたくしと少しお喋《しゃべ》りいたしません？」

しっとりとした声でユリアスの胸に手を這《は》わせてきた。

「申し訳ありません。大変魅力的なお誘いですが、実は先ほどから少し頭痛がしておりまして、ここで休んでおりました。なかなか痛みが治まりませんので、今日はこのままお暇《いとま》しようかと」

ユリアスはふわりと笑みを浮かべると、自分の胸にあった彼女の手をそっと摑んだ。そしてその手の甲にキスをする。

「貴女のような魅力的な女性の誘いをお断りすることをお許しください」

「え……ええ、頭痛はお辛いですものね。お大事にしてくださいませ、ユリアス様」

「ありがとうございます、マダム。ではこれで失礼します」

彼女の手を名残惜《なごりお》しそうに見えるよう放し、ユリアスはバルコニーから部屋へと戻った。このままホストである伯爵夫人に挨拶をして帰れば、誘いを断ったあのマダムの面目も立つだろう。

ユリアスはこの容姿のお陰で、老若男女にもてた。ベッドの誘いは数えきれないほどあるが、全部断っている。そのため社交界では『鉄壁の花』とまでいわれていた。

それで結構だ。爛《ただ》れた関係を好む貴族と遊びの恋を愉《たの》しむ趣味はない。それに、その最中に白猫の耳や尻尾が出ることがあるので、他人と肌を合わせるのは無理だった。無理だと教えられた。彼に――――。

はぁ……。

そこまで思い至って、ユリアスは心の中だけで大きな溜息を零《こぼ》した。

どうして耳や尻尾があの最中に出てしまうとわかったかという原因を思い出したからだ。

ヴィンセントだ。

聖獣は幼獣から成獣になる際に、発情期を迎えるようになる。発情期が来てこそ、大人と認められ、普通は吉事として受け止められる。

だがユリアスの場合、三年前、運の悪いことにヴィンセントと二人だけでいる時に、それが来てしまい、そのままなし崩しに肌を重ねてしまったのだ。

その折に、快感に任せて耳や尻尾が出ることを知り、以後、白猫の先祖返りである事実を知られないよう、他人とは寝ないと心に決めた。

そしてその後も発情期とは関係なく、彼とはセックスをする関係を続けている。

そう、爛れた関係を好む貴族と遊びの恋を愉しむ趣味はないと言いつつ、自分も爛れた関係をヴィンセントと続けていた。

はぁ……、初めて発情した時に、傍《そば》に彼がいなかったら、こんな淫《みだ》らな関係を結ぶことにはならなかったのになぁ……。

あれは一生の不覚であった。

ユリアスは何度目かわからない溜息をまたつき、サロンを後にしたのだった。

＊＊＊

ユリアスが王城に戻ってくると、従者のシャンダからヴィンセントが外交を終え、帰城したと教えてもらった。

「予定より早いな」

「懸案事項が思ったより早く解決したそうで、今、お躰を清めに行かれました。ユリアス様にはすぐにお会いしたいと伝言を承《うけたまわ》っております」

「わかった。あいつのことだ。どうせ入浴には時間が掛かるだろう。私も着替えてから会いに行こう」

「かしこまりました」

ユリアスがシャンダを連れて自室に戻る途中、他国からの留学生が集う広間を横切ると、皆がヴィンセントの話をしていた。つい、耳を傾けてしまう。

「ヴィンセント王子、今回もかなりこの国に有利になるよう交渉を成立させたらしいぞ」

「アスタルス王国は安泰ね。私の国なんて、不況が続いて大変なのに」

「だから私たちがここでしっかり政治や経済を学んで、自国に持って帰るようにしなきゃいけないんじゃないか。弱音なんて吐いている場合じゃないよ」

自分たちが人質だと気付いているのかいないのか、そんな話が聞こえてくる。

「あ、ユリアス！」

そのうちの一人がユリアスに気付き、声を掛けてきた。

「今、帰ったの？」

「ああ、君たちは今日もちゃんと勉強したかい？」

「したわ。でも今日の授業、財務管理なんて王女の私に必要かしら。あんなの役人に任せておけばいいでしょう？」

近隣諸国の一つ、アマリ王国の王女が、不服そうに訴えてきた。

「そうかもしれないが、知らないより知っていたほうがいいと思うよ。いざ、誰かが不正をしていた時に自分で確かめられるだろう？　あってはならないことだけど、誰も信じられない時があるかもしれないから」

「そ、そうね……」

「君は成績がいいんだから、嫌がらずに色々と学んでみたらいいよ」

「……え、ええ」

少女が照れを上手く隠しきれない様子で、小さく頷《うなず》いた。祖国にいる七歳下の妹を思い出し、ユリアスもつい微笑《ほほえ》んでしまう。

ユリアスは彼らと同じ留学生という立場だが、三、四年で入れ替わる他の王子や王女と違って九年もいるので、彼らとは歳の差がかなりある。一番下は十歳で、一番年上の王子でも十六歳でユリアスとは六歳も歳の差があった。結局、ユリアスは現在、彼らにとって兄のような存在になっている。

「ヴィンセント王子のところへ行くの？」

「ああ、帰ってきたって聞いたからね」

「ユリアス、ヴィンセント王子と特別仲がいいわよね。妬《や》けちゃう」

「妬けちゃうって……どういう……」

「こんなところにいたのか、ユリアス」

「わっ……」

いきなり背後から抱きつかれ、びっくりした。振り向かなくとも誰だかわかる声に、ユリアスは文句を言う。

「ヴィンセント、急に抱きつかないでくれないか？　驚くじゃないか」

彼の腕を解きながらユリアスは反転し、彼を睨《にら》みつけた。

「気を抜いているお前が悪い」

そこには、どこかの人気舞台俳優のような男の色香を振りまく青年が立っていた。四肢が長く、スタイルもいい。更にすらりとした体躯《たいく》には意外ときっちり筋肉がついていることをユリアスは知っている。ベッドの上で教えられた。

陽の光を受けて輝くのは彼の銀の髪だ。形の良い眉《まゆ》の下には鋭い蒼い瞳があるが、二重《ふたえ》のせいか絶妙な甘さを感じ、女性には見つめられると心臓が止まりそうなどと評される代物である。

大国の王子としての才覚も充分あり、今や大陸全土でも名を馳《は》せるほどの王太子となっていた。

そんな彼に対して、幼馴染みとして対等に口を利くユリアスもまた、周囲から一目置かれている佳人《かじん》だっ。

ヴィンセントは笑いながら、ユリアスを今度は正面から抱き締めてきた。

「久しぶりだな、ユリアス。相変わらず不機嫌そうで何よりだ」

「何が、不機嫌そうで、だ。君が驚かせるからだろう？」

彼の腕から逃れようともがくと、思ったより簡単に抜け出せた。どうやら彼もユリアスを拘束し続けようとは思っていなかったようだ。

「ヴィンセント王子、お帰りなさいませ」

それまでお喋りをしていた留学生たちが、ヴィンセントの前で整列をし、頭を下げた。

大国の王子となれば、他の王族の子女たちよりも更に格が上だ。ここにいる王子、王女はそれを自然と肌身で感じているようで、ユリアスに対する態度とヴィンセントに対するそれとは大きく差があった。それに彼らが『王子』と呼ぶのもヴィンセントに対してだけだ。

「ああ、ただいま。土産を持ってきたから、後でルシアンから貰ってくれ」

ルシアンというのはヴィンセントの補佐官のことだ。

「ありがとうございます！」

皆、頬を紅潮させる。

「ではユリアスを少し借りるよ」

ヴィンセントはついでとばかりにユリアスの腕を取ると広間を後にした。

「なかなか来ないからどこにいるかと思ったら、こんなところで寄り道か？」

ユリアスの手を摑まえたまま、前を歩くヴィンセントが小声で話し掛けてくる。

「寄り道って……少し皆に声を掛けただけだぞ。一応、私も『留学生』の一人だからな。仲間は大切にしないと」

嫌みのように『留学生』を強調してやる。だがヴィンセントはフンと鼻でそれを笑って、言葉を続けた。

「仲間なら私のほうがお前との縁は長いぞ。私を優先すべきだ。お前との逢瀬《おうせ》の邪魔をされるのは気に入らない」

「どさくさに紛れて逢瀬なんて言うな。大体、君は私の前だけでは、わがままなことを言うよな」

「気を許しているからだよ」

ユリアスの声にヴィンセントが振り返ってきた。

ああ言えばこう言うで、口が達者だ。思わずユリアスはムッと口を歪ませた。すると彼が笑った。

「ほら、お前も私の前だけ、そんな子供っぽい顔をする。お前も私に対して気を許しているということだ」

益々口が歪みそうになるが、どうにか耐えていると、それさえも面白いようで、とうとうヴィンセントが声を出して笑った。

「相変わらずユリアスは可愛いな」

「君も相変わらず、口が達者だな」

「そんなに褒めてくれるな」

「褒めていない。呆《あき》れているだけだ」

そう言ってやると、ヴィンセントがちらりとこちらに視線を向け、既に到着していた自室のドアを開けた。

「えっ？」

いきなり手を引っ張られ、部屋に引き摺り込まれた途端、唇《くちびる》を奪われる。そのまま扉を閉め、その扉に背中を押し付けられた。

「んっ……」

顎《あご》を持ち上げられ、角度を変えて口腔を弄《まさぐ》られる。ひとしきり好き勝手に貪《むさぼ》られ、やっとキスから解放された。

この性急さに、ユリアスは心当たりがあった。

「なっ……、まさか君、発情期！」

「そのようだ」

冷静そうに見えるが、よく観察すると、ヴィンセントの蒼い瞳に劣情の焔《ほのお》が揺らいでいるのがわかる。

「はぁ……よくそんな状態で戻ってきたな。まさか、見ず知らずの他人の閨《ねや》を襲ったりはしなかっただろうな。落胤《らくいん》騒ぎは面倒だぞ」

「人を性欲魔人のように言うな」

「性欲魔人のくせに」

言い返すと、ヴィンセントはしばらく考えているような仕草を見せ、そしてふむと頷いた。

「……確かに。お前に限定すれば、否定はできないな」

「どうして私限定なん……んっ……」

再び口を塞《ふさ》がれる。キスの合間合間に、ユリアスは文句を言った。

「獅子《しし》の……んっ……発情期は……はっ……ん……多すぎるぞ」

「そんな苦情は神に言え」

「もうっ、きちんと陛下に今回の条約締結の報告は済ませたんだな？」

「ああ、済ませた。だから早くお前をくれ」

ヴィンセントは獅子の先祖返りだ。獅子は聖獣の中でも発情期の回数が多く、性欲が強いとされていた。だが性欲が強ければ、それだけ能力も高く、さすが大国のアスタルスの世継ぎだと誰もが称賛していた。

対して白猫のユリアスの発情期は年に二回ほどだ。発情期でなければセックスをしないという訳ではないが、どちらかというと淡泊なほうだった。

しかしユリアスだけ発情期にヴィンセントに協力してもらっているのはフィフティフィフティじゃないとして、ユリアスもヴィンセントの発情期中には協力することになっている。けれど相手は獅子。発情期はほぼ通年で、一年中、彼と躰の関係を持つという爛れた生活を送っていた。

「限界だ、ユリアス。抱きたい――駄目か？」

辛そうに見つめてくるヴィンセントにユリアスも可哀想になり、その頬に手を添えた。

彼の唇に今度は自分からキスを落とす。するとヴィンセントがユリアスをいきなり抱き上げた。

「仕方ないな、もう……」

「煽《あお》ったお前が悪いんだからな」

「煽ったって……あっ」

「ヴィンセントッ!」

我慢できない様子でベッドに下ろされ、そのままヴィンセントが上から覆い被さってくる。

そして目元にそっと唇を寄せられた。それを合図にユリアスは彼の背中に手を回し、彼のキスを受け入れる。

ヴィンセントの舌が唇を割ってするりと入り込んだ。口腔を舌先で突いたかと思うと、ユリアスの舌に自分の舌を絡ませてきた。

「んっ……」

つい甘い声を漏らしてしまう。

ユリアス自身は発情期ではないはずなのに、彼に触れた先から躰の奥が甘く疼《うず》いた。

「ユーリ……」

キスの合間に愛称を呼ばれ、胸の奥がジンと痺れる。その感覚が躰の芯を震わせ、快感が湧き起こった。

「ヴィン……」

先を促すようにユリアスも彼の愛称を口にする。二人とも愛称で呼ぶのは決まってベッドの上だけだった。閨の中だけでは子供の頃に使っていた、今は誰も呼ばない二人の愛称で呼び合うというのが、二人だけの小さな秘密であり、親密さを表すものだった。

彼の手が性急にユリアスの衣服を剥《は》ぎ取っていく。ユリアスもまた彼の服を脱がしていった。一糸纏《いっしまと》わぬ姿をお互いに晒し、抱き締め合う。彼のぬくもりがユリアスに直に伝わってくるこの瞬間は、認めたくないが何よりも心を満たしてくれた。

ヴィンセントが桜色のユリアスの乳首を指に絡ませ、ゆっくりと捏《こ》ね始める。

「あっ……」

じわりと熱を伴った痺《しび》れが生まれる。ユリアスの躰を知り尽くしたヴィンセントの指が、容赦《しゃよう》なく動き、簡単にユリアスを翻弄《ほんろう》した。

「もう反応してくれているな」

彼の指がユリアスの劣情に触れてくる。もっと触れてほしくて、無意識に腰をヴィンセントに擦《こす》り付けた。

「可愛い、ユーリ……」

「んっ……言う、な……っ……」

「可愛いものは可愛い」

ヴィンセントは勃《た》ち掛けていたユリアスの下半身を手で包み込んだ。軽く握られる刺激に、下腹部に粟立《あわだ》つような感覚が起こる。

「んっ……ああっ……」

ユリアスの声に満足したのか、ヴィンセントはユリアスの下半身を扱《しご》く手を動かしながら、ゆっくりと唇を首筋に滑らせた。そしてそのまま鎖骨《さこつ》の窪《くぼ》みに舌を這わせ、胸元へと伝っていく。

焦《じ》らされている感覚に熱が勢いを増していく。どうにか耐えていると、彼が乳首をペロリと舐《な》めた。

「ふ……っ……」

「こちらも硬くなっているな」

乳頭の間近で囁かれ、吐息が触れる。そんなささやかな感触でさえ、ユリアスの下半身にざわざわとした感触が生まれた。

「美味しそうだな」

彼が乳首を甘噛みする。

「あっ……」

「だが今はユーリの可愛いここよりも、もっと可愛がりたい場所がある。胸は後でまた存分に可愛がらせてもらうな」

「な……」

後で、ということは、この男は今から何回ユリアスを抱くつもりなのだろうか。

「君は……」

「獅子だからって許せ」

「獅子だからって……んっ……」

ヴィンセントがユリアスの太腿《ふともも》の付け根の内側に唇を当て、軽く歯を立てた。痛みではなく、じわりとそこから淫猥《いんわい》な熱が広がる。快感でユリアスの躰が震えたのを、彼が的確に捉《とら》え、更にきわどい場所へと唇を移した。

何度もされたことのある行為だが、未だ慣れず、ユリアスは目をきつく瞑《つむ》って羞恥《しゅうち》に耐えるしかなかった。彼を受け入れる秘部を晒す。彼の視線がそこに集中するのを感じて、頬に熱を覚えた。

「そんなに見つめるなっ……」

「どうして？　こんなに色っぽい姿、見るに決まっているだろう？」

「だから、そういう恥《は》ずかしいことを言うな……っ……あっ……」

どうにか逃げようと躰を捩《よじ》らせるが、がっちりと固定され、逃げることもままならない。

「それに私に見られると、感じるんだろう？」

「な、何を……」

否定した傍からユリアスの下半身が裏切った。それが小さく震え、頭を擡《もた》げ始めたのだ。

「ほら、やっぱり」

「やっぱりじゃないっ……んっ……」

いきなりユリアスの躰中からむずむずとした疼きが生まれた。途端、頭に白い猫の耳がぴょこんと飛び出す。

「あっ……」

強い快感を与えられると、どうしても白猫の耳や尻尾が躰から飛び出てしまうのだ。

「フッ……。可愛い耳をやっと出してくれたな。お前が感じている証拠だ。そんなに熱烈に誘われるとは、堪《たま》らないな」

「……っ、君は耳を出さないなんて、むかつく……あぁ……一度くらい……出、せ……」

「ハハッ、できないな。私は子供の頃から耳を出さないよう訓練されているんだ。それに出したところでお前みたいに可愛くはない」

「私だって可愛くなんて……ないっ……」

ヴィンセントが舌を双丘の狭間《はざま》に秘する蕾《つぼみ》に舌を這わせた。濡れた生温かい感触に、ユリアスは息を呑んだ。

「んっ……ああっ……」

蕾の周囲を舌でつつかれるたびに背筋に鋭い刺激が走る。足の指先まで痺れ、ピンと爪先を天井に向かって立ててしまうほどだ。その爪先に、先ほどまで蕾を愛撫《あいぶ》していた唇で、ヴィンセントが口づけをする。

「ユーリ、お前からも私を誘う強いフェロモンが出ているぞ」

通常、発情期にしか出ないフェロモンを、ユリアスはヴィンセントと躰を繋《つな》げるたびに出しているらしかった。そのためどんなに隠しても、ユリアス自身がヴィンセントを欲しがっていることが彼にばれてしまう。

ヴィンセントは更に舌を奥へと忍ばせた。狭い隘路《あいろ》を行き来する。

「ふぁっ……あぁっ……」

理性が保てない。彼からの愛撫がユリアスの理性を次々と奪っていく。

「指を挿《い》れるぞ」

口でユリアスを解した後、ヴィンセントはそう断りを入れて、中に指を挿入させてきた。異物の侵入を反射的に拒んでしまい、彼の指をぎゅうっと強く締め付けてしまう。

「ユリアス、そんなに煽るな。我慢できなくなる」

彼が苦笑しながら、グチュグチュと指で隘路を掻き混ぜた。ユリアスは声を上げるまいと、歯を食い縛るが、指を激しく左右に動かされ、結局は嬌声《きょうせい》を上げてしまった。

「あっ……あぁぁっ……」

快楽に溺《おぼ》れ、耳がぴくぴく動くのが自分でもわかる。腰をぐいっと引き寄せられたかと思うと、今よりも更に膝《ひざ》を高く持ち上げられ、彼の目の前に淫らな蕾を差し出した。

「んっ……」

指が抜かれたと思うや否や、今度は熱く滾《たぎ》った肉杭が、ユリアスを気遣うようにして、ゆっくりと押し入ってくる。刹那、引《ひ》き攣《つ》るような痛みを感じたが、それはすぐに消え、途方もない快楽が溢《あふ》れ返った。

「あぁっ……！」

ユリアスの尻から、我慢できずに白い尻尾がギュンと勢いよく飛び出る。

「はっ……も……あぁぁぁぁ……」

奥の奥まで入り込んでくる灼熱《しゃくねつ》の塊《かたまり》に、蜜路《みつろ》が隙間《すきま》なくぴっちりと埋められ、欠けたピースが揃《そろ》うような満足感を覚えた。

「んっ……はぁ……ヴィ……ン……っ……」

舌ったらずの声でヴィンセントの愛称を口にしてしまう。普段人前では口にしない呼び方に、ヴィンセントが悠然《ゆうぜん》と笑う。

「いいか？　ユーリ」

躰の芯が蕩《とろ》けてしまいそうになる熱の中、ユリアスは首を縦に振って応《こた》える。その様子を見て、ヴィンセントが幸せそうな笑みを浮かべた。刹那、ユリアスの心臓が甘く締め付けられる。同時に自分の中にある彼をきつく搦《から》め捕《と》った。

「うっ……」

ヴィンセントが小さく唸る。

「まったくお前は油断も隙もないな」

「そんなつもりじゃ……あぁっ……」

言い訳をしようとした途端、彼の抽挿《ちゅうそう》が激しさを増した。

「や……激し……ぃ……ふっ……あぁ……」

淫靡《いんび》な痺れを全身に感じ、快感で意識が朦朧《もうろう》とする。無意識に彼の背中にしがみつくと、彼もまたユリアスを抱き返してくれた。

まるで愛し合っている恋人のようだ。本当は発情期の熱を鎮めるだけの間柄だというのに。

少しだけ寂《さび》しさが胸に込み上げた。それを払拭《ふっしょく》するには行為に没頭するしかなかった。

「ヴィンッ……」

ヴィンセントは己の劣情を蕾の際まで引き抜くと、今度は一気にユリアスを貫いた。火花が散るような快感が破裂した。

「あぁぁっ……」

喜悦が津波となって押し寄せてくる。奥の更に奥まで彼の猛々《たけだけ》しい楔《くさび》が侵入し、ユリアスの中を擦り上げ、掻き混ぜた。

「はぁあ……っ」

隘路がすぎた快感に蠕動《ぜんどう》し、男を咥《くわ》え込んだ。ヴィンセントが小刻みに動き、ユリアスの弱いところを責め立てる。

「あっ……あぁ……ふ……っ……んっ……」

痺れて下半身の感覚がなくなり、重みを増した。早く彼の熱が欲しくて、何度も何度も彼を締め付け、貪欲《どんよく》にすべてを奪う。だがその一方で、彼の律動にユリアスの呼吸も何もかも引き摺られた。

「ユーリ……っ……」

熱に浮かされ首を振れば、ユリアスの目の前が瞬間、真っ白になった。

「あぁぁぁぁぁぁっ……」

勢いよく達する。

「たくさん出たな。一週間、浮気をせずにいてくれた証拠か」

そんな言葉に、ユリアスは呼吸が苦しい中、言い返した。

「……な、何が浮気だ……あぁっ……」

急に躰の最奥に生温かい圧迫感が生まれるのを感じた。ヴィンセントも達したのだ。

「ヴィンッ……多いっ……あぁぁ……」

「私も一週間禁欲していたからな。そりゃ、多いだろうな。しかもまだ全然足りないし」

「え……」

ヴィンセントがユリアスの金の髪に鼻先を埋め、そんな恐ろしいことを囁いてきた。慌てて腰を引こうとしたが、まだ繋がったままで、しかもヴィンセントの腕の中に閉じ込められてしまい、ユリアスは逃げるチャンスを失った。

「さっき言っただろう？　胸は後で可愛がると。さあ、今度は乳首を可愛がらせてくれ、ユーリ」

「な……ちょっと休憩を……あぁ……っ……」

休みなく動き出すヴィンセントに、ユリアスは抵抗の甲斐もなく、再び嬌声を漏らすことになった。

＊＊＊

以前、ユリアスは留学制度を推進するヴィンセントに忠言したことがある。いつ敵になるかわからないような近隣諸国に、アスタルスの高等教育を施すのは却《かえ》って危険ではないかと思ったからだ。

だが、ヴィンセントはそれに対し、正しい教育を施すことは、時間は掛かるが平和への道の第一歩となると信じていると答えた。

ここで多くの知識を学んだことによって、戦争の愚かさを知り、それを避けるための知恵をつけ、他人と争ったり奪ったりして問題を解決するのではなく、自ら新しく切り開いていける人間が増えるのを望んでいるとも教えてくれた。

それを聞いた時、ユリアスは、自分では彼の夢を実現させることはできないと悟った。

自分は先祖返りでも、おこぼれで生まれた雄《おす》の白猫だ。国へ戻っても、たぶんどこかの貴族の娘か他国の王女と政略結婚をさせられて、治政に関係する役職に就《つ》けるとは思えなかったからだ。

ヴィンセントの傍に長くいても、彼の願いを担う人間にはなれない存在である。そう確信した時、何とも言えない寂寥感《せきりょうかん》が躰に溢れた。

彼の夢を叶える一人として在りたかったのに、彼の助けにならない中途半端な自分。

未だに国へ帰される様子もなく、九年もずるずると意味もなくアスタルスに身を置き、どこにも自分のいるべき場所が見当たらない自分――。

思い出したくないコンプレックスが胸を地味に抉《えぐ》る。

どうして自分だけ長くここに引き留められているのだろう――。

ヴィンセントの発情期の相手として、子供を産まない自分は適任だから？

祖国はこれに対して、アスタルス王国に何も抗議していないのだろうか？　雄の白猫だから、どうでもいいんだろうか？

疑問は幾つも浮かぶ。だが浮かぶたびに自分の危うい立場に胸が押し潰《つぶ》されそうになった。

最後までずっと必要とされる人間でいたい。そう願っているのに、現実は一時だけ必要とされたり、いなくてもいいと言われたりする立場でしかなかった。

わがままなのかな……。

こんなことで寂しくなるのは、まだユリアスが子供だという証拠なのかもしれない。

きゅっときつく目を閉じると、頭を撫でる手に気付く。

「起きていたのか？」

甘く低い声はヴィンセントのものだ。一週間ぶりに聞く彼の声は耳に心地いい。ふと視線を上げると彼の視線とかち合った。

情事の後、彼の胸でそのまま寝てしまったようだ。それはそれで少しいたたまれない。ユリアスは意地で何でもないように、彼の瞳から目を逸《そ》らさずにいた。すると彼の双眸《そうぼう》が柔らかく細められる。

「私がいない間、色々と出歩いていたようだな」

そう言いながら、ヴィンセントはユリアスの毛先を掬い、口づけた。ユリアスの鼓動がトクンと音を立てるが、彼に気付かれないようにさらりと答える。

「この城にいても、つまらないからな。憂《う》さ晴らしにいろんなサロンをはしごしていた」

「さすがに私がいない一週間は長かったようだな」

「……前から思っていたんだが、ヴィンセント、君、わざと私と近い年頃の人間をこの城に置いていないんじゃないか？」

　同じ境遇の他国の子息とも歳が離れており、兄のような感覚になってしまうので、友人になるには少し違うのだ。

　じっと見つめていると、彼が人の悪い笑みを浮かべた。

「フッ……ばれたか。私がいない時、お前が寂しがるように仕向けておいた。私がいない時に、お前が誰かと仲良くしているかと思うと、精神的に悪い」

「何が精神的に悪いだ。子供のようなことをして。もうこうなったら、出掛けまくってやる」

「すまなかった。意地悪をするな。大体、お前だってそうだろう？　私が誰かと仲良くしてお前を放っておいたら、いい気はしないだろうが」

「ああ、そうか。と思うだけだが？」

　さらっと答えると、ヴィンセントの目が眇《すが》められる。

「……冷たいな。そういう冷たい男にはお仕置きをしないとならないな」

「お仕置きって……うわっ……」

　ヴィンセントの手がユリアスの腋《わき》に入り込み、擽《くすぐ》ってきた。

「ちょ……擽ったい……くっ……お返しだ！」

「わっ……はは……擽ったい……や……め……」

　いい大人が素っ裸でやることではないが、二人とも擽り合い、結局、ヴィンセントが降参するまでそれは続けられた。

こうやって少しずつヴィンセントがいなければならないように甘やかされている気がする。

彼は一時的にユリアスに執着しているから、何も考えずに縛り付けるようなことをしているが、いずれは新しい何かに――、それは正妃なのかそれとも執政なのかわからないが、その何かに心を奪われ、ユリアスを手放す時が来るのだろう。

その時、自分にはきっと何も残らず、心が空っぽになるに違いない。

空っぽになるほど心を根こそぎ奪われないためにも、早めに自分からこの関係を脱却しないとならないのに、ずるずると続けてしまっている。

ヴィンセントと普通の、躰の関係がない親友同士に戻れるだろうか。いや、戻らないと、別れが来た時にボロボロに傷ついてしまう。そうなる前に手を打たなければ――。

そんな風に考える理由もわかっている。ヴィンセントに恋愛という意味で、惹《ひ》かれているからだ。

だが別れるにしても、発情期という厄介な体質を持っている先祖返りにとって、性欲を解消する相手がいないのは問題となる。

ヴィンセントはすぐに代わりの相手が見つかるかもしれないが、ユリアスは白猫という聖獣であるため、人にあまり知られてはならないのが、またハードルを高くする。

離れたいのに、離れられない――。

何かの罠《わな》に嵌《は》まってしまったようだ。

「どうした？　ユリアス」

しばらく黙っていたユリアスを訝《いぶか》しげにヴィンセントが見つめてくる。

「あ、いや……ちょっとぼっとしていただけだ。君みたいな体力おばけじゃないからな。躰がもたない」

文句を言ってやると、彼が頬にチュッとキスをしてきた。

「ユリアスはもう少し体力をつけたほうがいいな。そうじゃないと抱き潰してしまいそうだ」

「抱き潰さないように加減するという選択肢はないのか？」

「ないな。まだ本当は足りないくらいだ」

非難の意を込めて目を眇めてしまう。だがそんな抗議もどこ吹く風で、ヴィンセントはユリアスのうなじに唇を落とすと、キスをしながら話を続けた。

「ああ、そういえば、明日、ゲランがやってくる」

「ゲランが？　急だな」

ゲランとはベルデ王国の第二王子で、三年前までここでユリアスと共に学んだ青年である。ヴィンセントと三人で一緒にいることが多く、幼馴染みと言っても過言ではない男だ。

「あいつ、ユリアスがいるなら私がいなくてもいいようなことを伝えてきたから、急いで会談を終わらせて戻ってきたんだ」

どこまで冗談なのかわからないが、昔からヴィンセントとゲランは、ユリアスを出しにしては遊ぶので、こういう話は聞き流すことにしている。いちいち本気にしていたら、都合のいいように受け取ってしまい、恋心に拍車が掛かるのだ。冗談を本気で受け止めるほど、ユリアスも純情ではない。

「真面目に仕事をしろよ」

「仕事はきちんとしてきたぞ。我が国に有利になるよう条約も交わしてきた」

「はいはい。で、ゲランはどうして急に？　故郷に戻ってから、こちらへは一度も顔を出さなかっただろう？　何かあったのか？」

ゲランは期待の大きい第二王子という立場で、国に戻った途端、激務に追われていると聞いている。その彼が突然やってくることに、少し違和感を抱いた。

ユリアスがヴィンセントの顔をちらりと見上げると、意外にも真剣な表情をしており、ゲランの訪問が遊びではないことがわかる。

「最近、先祖返りを狙う犯罪が増えてきているだろう？　この国の実情を教えてほしいということだ。ゲランの国でも誘拐事件が問題になっているらしい」

実はゲランも虎《とら》の先祖返りだ。先祖返りは稀有《けう》な存在ではあるが、ユリアスの周囲には意外と多い。多いといっても、実の姉とヴィンセント、ゲランだけであるが、一般的には、先祖返りは滅多にいないとされているので、この状況はかなり珍しかった。

滅多にいないのなら、どれくらい存在しているのか――。

かつて王族であったが、傍流《ほうりゅう》となり市井《しせい》に紛れてしまった血統から先祖返りになってしまう者もいるので、まだまだどの王国も先祖返りの数を完全に把握しきれていないのが実状である。ただ、ほとんどいないことだけはわかっていた。

ユリアスが子供の頃、泉の畔で見かけた竜も王国に把握されていない先祖返りだったと思われる。

あの竜は今もどこかに無事でいるんだろうか……。

初めて見た竜のことを今でもしっかり覚えている。あれ以来ユリアスは竜を見たことがないが、竜は最も神に近いとされる最高位の先祖返りだ。そうそう簡単に闇組織に捕らわれるはずはないと信じていた。

「……なかなかその手の犯罪はなくならないな」

「先祖返りは数が極端に少ないし、マニアにとっては手に入れたいものらしい。お前のような白猫は最たるものだが、他の先祖返りにも、それぞれ御利益《ごりやく》があるからな。手元に置きたいと考える輩は減らないんだろうな」

ヴィンセントの『獅子』も勝負運や財運、魔除けなどをもたらす先祖返りだ。ただ、獅子は戦闘能力も高いため、そのもたらされる御利益とリスクを天秤に掛けると、捕らえて売るにはあまり魅力のない先祖返りになるようだった。そのため犯罪に巻き込まれたという話は滅多に聞かない。逆に犯罪に巻き込まれやすいのは、もたらす御利益が多く、且《か》つ人間並みの抵抗力しか持たない『白猫』や『黒兎《くろうさぎ》』の先祖返りだ。

捕まった先祖返りは闇市で好事家《こうずか》たちに売られ、宝物と称して監禁されて一生を過ごすらしい。中には性奴隷のような扱いを受ける者もいると聞く。

先祖返りは周囲の人間に強運をもたらし、聖獣に変化すれば、その種類によっては大きな力を発揮する。だが中には白猫のように、変化しても普通の人間と変わらない力しかない聖獣もいる。それゆえに躰が小さく弱い聖獣ほど捕まってしまえば逃げることは難しかった。

「私たちも気をつけないとな……」

「なあ、ユリアス。ゲランが来ても、浮気するなよ」

「は？」

何を莫迦《ばか》なことを、と思って顔を向けると、思いのほか、ヴィンセントが真面目な顔をしているのが目に入った。

「浮気って……浮気も何もないだろう。別に君と恋人同士という訳ではないし」

「私とこうやって寝ているんだ。ゲランも含め、他の男や女と寝るようなことがあったら、それは立派な浮気だぞ？」

そう言いながら耳朶《じだ》に音を立ててキスをした。

「はぁ……、ゲランと寝る訳がないだろう。何、考えているんだ。大体ゲランには私たちが発情期をこうやって乗り越えていることは内緒だからな」

「内緒なのか？」

意外そうな顔をして尋ねてくるので、俄《にわか》に不安になる。

「……まさか、君、ゲランにこのことを話したとか言うんじゃないだろうな」

「あ――」

ヴィンセントが視線を逸らす。それで答えがわかった。

「ヴィンセント、きさまっ……」

思わず両肩を掴み、がしがしと揺さぶるが、彼はされるがままで、最後は笑顔さえ見せた。

「反省の色が見えない！」

「もう言ってしまったものはどうしようもないからな」

「開き直るな！」

「うわ、ユリアス、苦しい。首を絞めるなっ」

ばたばたとベッドの上で莫迦な攻防を続けていると、体格差もあり、ヴィンセントが上手くユリアスの攻めの手から逃げ、すかさずユリアスをシーツに縫い留めた。

「捕まえた」

上からヴィンセントがユリアスの顔を覗《のぞ》き込んできたかと思うと、いきなり唇を塞がれた。そのまま濃厚なキスに襲われる。

「んっ……」

キスに翻弄されていると、彼の手が再びユリアスの躰を弄《まさぐ》ってきた。

「んんんっ……」

彼の背中を軽く叩いて抗議するが、まったく聞き入れる様子はない。そしてこれでもかというほどユリアスの口腔を舌で堪能し、解放する。

「明日から邪魔者が来るんだ。今日はたっぷりお前を堪能させろ」

そう言いながら、またヴィンセントの手がユリアスのきわどい場所へ忍び込んできた。

「堪能って……もう散々性欲を発散しただろ……っあ……ん……」

「大丈夫だ。お前にあまり負担が掛からないよう努力する。心配するな」

「君の『大丈夫だ』と『心配するな』ほど……根拠がな……い、ものは……ちょ……んっ……あぁ……」

ユリアスの抗議の声はキスによって封じられたのである。

＊＊＊

東の空が淡い光を放つ早朝、ヴィンセントは愛しい人を起こさないようにそっとベッドから抜け出した。

ガウンを羽織り、執務室へ行くと、そこには既に補佐官ルシアンが待っていた。

「早いわりにはすっきりした顔をしているな」

「王子と違い、わたくしはきちんと睡眠をとりましたので」

ルシアンはちらりと視線をこちらへ向け、すぐに書類へと目を落とす。

「フン、私は睡眠より質のいい安らぎを得たがな」

そう言いながら机の上にあった報告書に目を遣る。しばらくして眉間につい皺が寄ってしまった。

「……逃がしたのか」

「はい。どこかで囮《おとり》が偽物だとばれたようです。罠を張った場所には現れなかったと」

ルシアンの報告にヴィンセントは大きく息を吐いた。

「やはり聖獣狩りの奴らは三鏡《たまかがみ》を持っているようだな」

盗賊の中でも聖獣の先祖返りを誘拐することを専門とするのを『聖獣狩り』と呼ぶ。

「可能性は極めて高いですね。一応、そちらのほうも今、密偵に探らせております」

玉鏡。人跡未踏と呼ばれている大陸の北方、ラジフィール高地でしか採れない鉱石を磨いて作られた幻の鏡のことだ。太古から使用されているもので、現在幾つか存在が確認されているが、聖獣狩りが持っているとしたら、以前、ある王国の宝庫から盗まれたとされる玉鏡だろう。

その鏡には、いくら先祖返りがその姿を偽《いつわ》ったとしても、己の聖獣が映るといわれている。

普通の人間に紛れて暮らしている先祖返りを見つける唯一の道具だ。

もちろん先祖返り同士であれば、そんな道具はなくとも見分けられるが。

「厄介だな、まったく」

ヴィンセントが会談を予定よりも数日早めに切り上げて帰城したのには、ユリアスに少しでも早く会うためでもあったが、聖獣狩りの捕《と》り物《もの》を予定していたからでもあった。

先祖返りと偽って放《はな》っていた密偵の一人が、ようやく彼らに目をつけられたところだったのもあり、今回の結果は残念で仕方ない。だがその一方で、聖獣狩りが玉鏡を持っている可能性を知れ、多少なりとも収穫があったと捉えることもできた。

「また一から罠を仕掛けるしかなさそうだな」

「ええ。それより、王子。ユリアス王子にそろそろお告げになったらいかがです?」

「何を、だ?」

視線を書類に落としたまま答えると、ルシアンの声に少し棘《とげ》が交じる。

「白猫であるユリアス王子をお守りするために、この王城で匿《かくま》っていると、本当のことをおっしゃったらどうです? 九年もとどめているのです。今のままではユリアス王子が不審に思われるばかりですよ」

そんなことは言われなくともわかっている。ユリアス自身が今の境遇に不審を感じているのも知っていた。いくら留学といってもユリアスだけが長くこの王城に囚われていることは、口に出して言わなくとも誰もが承知している事実だ。

口さがない者は『ビジャールの客人は、いずれは王太子を誑かす毒となろう』と噂《うわさ》しているほどに。

そう――――、第三者から見れば王太子であるヴィンセントがどれだけユリアスに執着しているか明らかであるのに、当の本人、ユリアスは幼馴染み、または発情期のせいというフィルターが掛かっているのか、ヴィンセントの気持ちになかなか気付いてはくれないようだ。

「王子？」

急に黙り込んだことを不審に思ったルシアンが訝しげに声を掛けてくる。ヴィンセントは書類を無造作に机に置くと椅子へ座り、彼に視線を合わせた。

「ユリアスを守る？　そんなのは大義名分だろう？　実際は彼を守るんじゃなくて、私が、傍に置いておきたいから、彼をここに縛り付けているだけだ」

ユリアスを守りたいという気持ちも確かにある。だがその奥に秘める想いはもっとドロドロとしたものだ。

「彼に偽善を見せびらかすようなことはしたくない。それに、彼を守るなんておこがましいことを口にしたら、嫌われるからな。ユリアスは、あれでなかなか腕が立つ。私に守られていると知ったら、臍《へそ》を曲げてこの城から出ていってしまうだろうな」

「確かにおっしゃる通りかもしれませんが……。かといって、露悪的《ろあくてき》すぎるのもどうかと思いますが？」

ルシアンの忠告に小さく笑いが込み上げた。ユリアスに関しては、仄暗《ほのぐら》い感情が湧き起こり、犯罪者のそれに近い感情を抱いてしまうのを否めないからだ。『露悪的』ではなくそれは間違いなく『悪』の感情だ。

彼の意思を無視してでも、彼を自分だけのものにしてしまいたい――。

そんな欲望と日々闘っている。それはヴィンセントの本来の聖獣の性質が現れているせいかもしれない。

「露悪的？　私は彼にとって充分『悪』さ。お前も知っているだろう？　発情期が来ることを知っていてユリアスに近づき、その処女を奪った。彼がそのことに気付かないようにな。そして本来、先祖返りの発情期はそれ専用の人間を用意されるところだが、ユリアスに関してはそれを一切許していない」

ヴィンセントしか相手がいないように時間を掛けて仕組んだ。ユリアスが気を許す友人の一人、ゲランを発情期前に国へ戻したのも、ユリアスを彼に奪われないように、だ。ライバルになりそうな者を早々に排除したのだ。

そしてユリアスに誰も来ない温室を与え、そこで彼が日中のほとんどを過ごすように差し向けた。願わくは、そこで彼が発情期を迎えたらいいと思いながら。そして彼は目論見通りそこで発情期を迎え、ヴィンセントの罠に落ちた。

「純真な彼を騙して貪っている私は、かなり悪いオオカミだと思うが？　それをどこが守っているると言える？」

「悪いオオカミであることには賛同しますが、聖獣狩りから彼を守っていることには間違いはないのですから、ややこしい状況になる前に、きちんと説明して、ついでに王子の拗《こじ》らせた初恋も理解してもらったほうがいいかと存じます」

「……拗らせてなどいない」

思わず憮然《ぶぜん》として言い返すと、これ見よがしにルシアンに溜息をつかれた。

「はぁ……、自覚がないなら、相当重症でいらっしゃいますね。拗らせすぎても後が面倒ですから、早々にプロポーズをしていただきたいものです。そのほうが私の気も休まります」

確かにヴィンセントも一刻も早くユリアスを自分のつがいにしたい。だがまだ条件が満たされていなかった。

「あともう少しで私も本来の状態に戻るだろう。そうすればユリアスと正式なつがいの儀式を執り行うことができる。今はまだそこまでの力がないからな。彼にプロポーズをするのは時期尚早《しょうそう》だな」

「そんな悠長なことをおっしゃって……。後で泣きついていらっしゃっても知りませんよ」

「お前、王太子に対して、酷い言い様だな」

「乳兄弟である私が言わなければ、誰が言うんです。これもすべて王子がよき執政者になるよう、気を配っているんですよ」

「フン、私にばかり気を配っていると、また恋人に見捨てられるぞ」

「っ……王子……」

ルシアンの動揺した顔を見て、ヴィンセントは留飲《りゅういん》を下げ、視線を再び書類へと戻した。

突然の、ゲランの来訪。

それは一体何を意味するのか。

ヴィンセントは執務室の窓から、まだ明けきらぬ空を見上げたのだった。

◆　Ⅲ　◆

あれはまだ、この国、アスタルス王国に留学する前、まだユリアスが四歳くらいの頃だった。ユリアスは大好きな母と一緒に、テラスで絵本を読んでいた。白猫の先祖返りとして生まれたユリアスは、誘拐を恐れ、滅多に外出ができず、こうやって母と一緒にいることが多い。

一方、姉の第一王女ミリアは、ユリアスと同じ先祖返りであるが、聖獣が孔雀であったため、次期女王として、日々帝王学を学び、ユリアスとはまったく違う人生を歩んでいた。

多くの人々に囲まれ、期待されている姉を見て、ユリアスは幼いながらも、自分がこの国では『いらない王子』であることを薄々感じていた。

「おかあさま、ぼくはいらない王子なの？」

何度母に尋ねたかわからない。そのたびに母はそっとユリアスの頭を撫でてくれた。

「いらない子なんて、この世に誰一人いないわ。ユリアスもわたくしにとっては、大事な大事な我が子よ。ミリアは次期女王という大変な運命を背負ってしまったけど、あなたはもっと自由に生きていいの」

「自由？」

「ええ、今はこうやって白猫ゆえに、不自由なことが多いけど、いつかあなたを守ってくれる人が現れたら、あなたはこの城に縛られることなく、自由に生きていいのよ」

「自由って……」

ユリアスにはまだ自由の良さがわからなかった。逆に怖くなって母の腕にしがみついた。

「自由はそんなにいいもの？　それは、どこにも居場所がないということじゃないの？　おかあさまのおそばにいられないのは嫌だ」

「ごめんなさい。ユリアス、言い方が悪かったわね。自由というのは、あなたがいたいと思ったところにいてもいいということよ」

「いたいところ？」

ユリアスは優しく微笑む母の顔を見上げた。

「ええ。もちろんわたくしの傍でもいいのよ」

「おかあさまのおそばがいい」

もう一度ぎゅっと母にしがみつくと、どうしてか急に母がきつく抱き締め返してきた。

「――ユリアス、絶対に白猫の姿を城の外で見せてはなりませんよ」

母の声が深刻さを増す。そんな母が心配になってユリアスはもう一度母の顔を見上げた。

「おかあさま？」

「悪い輩があなたを連れ去ってしまうかもしれないの。そんなことになったら……どうしたらいいか……」

母の目に光るものが見えた。

「おかあさま、どうなさったの？」

尋ねるも、母は首を横に振るばかりだ。

「お願い、約束して、ユリアス。絶対に外では耳や尻尾を見せたりはしないと」

「はい、おかあさま。ぼく、絶対に外で耳や尻尾を出したりはしません。絶対に。だからおかあさま、心配しないで」

「ええ、ユリアスがしっかりしているから、わたくしも安心できるわ」

母は目元を指で押さえながら、いつものように優しい笑みを浮かべてくれた。ユリアスもそれを見てホッとする。

「あなたの力は本当に素晴らしいものよ。誰もが惹きつけられるでしょう。だからこそ、あなたの白猫の力に惑わされずに、あなた自身を愛してくれる人を探しなさい。そしてその人をあなたの力で幸せにしてあげるのですよ」

「ぼくの力にまどわされず、ぼく自身を愛してくれる人？」

「ええ」

「では、おかあさまを幸せにします」

「ふふっ、ありがとう、ユリアス。愛しいぼうや」

母の優しい声にユリアスは目を閉じた。

あ――――。

覚醒する。

目を覚ますと、そこはヴィンセントの寝室だった。一瞬、混乱したがすぐに状況を把握する。

「夢か……。懐かしい夢を見たな……」

あの頃、引っ込み思案だったユリアスは、いつも母にべったりだった。

「そうか……。あの頃からもう自分の居場所を探していたのかもしれないな……」

ふと隣を見ると、ヴィンセントの姿は既になかった。

仕事か……？

ヴィンセントはいい加減のように見えて、実はしっかりと責務をこなしている優秀な王太子だ。発情期ゆえの劣情を解消し、仕事に戻ったのかもしれない。

ほんの僅か、ユリアスの胸がチクリと痛んだ。

彼の執着に惑わされないように、お互いの性欲を解消するだけの間柄、利害が一致したゆえの結果だと自分自身に言い聞かせている。だが、それでも時々、その考えはユリアス自身の心を傷つけた。

「はぁ、駄目だ、駄目だ。こんなところにいたら、余計なことを考えてしまう。さっさと起きて、日常に戻ろう」

ユリアスはベッドから起き上がった。さらりと躰からデュベ《羽毛布団》が滑り落ちる。ところどころ情事の痕《あと》が残る真珠色の肌にはデュベ以外何も纏ってはいなかった。

床に落ちた服を拾い、さっさと着替える。顔を上げれば、カーテンから漏れる陽の光がまぶしく、ユリアスは額に手をかざした。

ピピッ。

ユリアスが起きたのに気付いたのか、部屋のどこからか虹色の羽根をした小鳥が飛んできて、かざしていた手の指先に止まった。

「おはよう、テテ」

テテという名前の小鳥は、十年前、ヴィンセントが剣の試合で優勝した時に、ユリアスが渡したファンダールという種類の珍しい小鳥だ。ヴィンセントはとても気に入ったようで今も大切に飼っており、ユリアスにも懐いている。

「お前のご主人様は仕事かい？」

テテは小首を傾げつぶらな瞳で見つめてきた。その可愛さにユリアスは頬を寄せる。

「朝、目が覚めてあいつがいないと、少しだけ寂しいな……」

テテがユリアスの指先に止まったまま、『僕がいるよ』と言わんばかりに羽根を広げた。

「ふふ……一緒にご飯を食べるかい？　君のご飯も用意してもらおう」

そう言うと、テテが羽ばたき天井へと舞った。喜んでいるようにも見える。

ユリアスはそんなテテの姿に癒やされながら、一緒にヴィンセントの部屋を出た。

＊＊＊

遅めの朝食を終え、ユリアスがサンルームで読書をしながら紅茶を飲んでいると、ヴィンセントがゲランを連れて顔を出した。

「ゲラン！」

思わず懐かしさに声を上げて椅子から立つと、ゲランが両手を広げて、ユリアスをぎゅうっと抱き締めてくる。そんなことをされるとは思っていなかったため、ユリアスは油断し、されるがままになってしまった。

「うっ、苦しい……」

「ユリアス、相変わらず綺麗だな」

「綺麗だなって……三年ぶりに会ったのに、まず、顔か。君も相変わらず髪が跳ねているぞ」

「毒舌も相変わらずだ」

ゲランは何を言っても嬉しいようで、笑みを崩さなかった。

ゲランは三年前までユリアスと同様、アスタルス王国に留学生として滞在していた、ベルデ王国の第二王子だ。黒い髪はいつもどこかしら跳ねているが、金の瞳は謎めいている。人懐こそうに見えて、彼がなかなかの食わせ者であることは、彼と親しい人間なら誰もが知っていた。

ゲランとは、ヴィンセントも含め、ここに来た当初から一緒に遊んでいたこともあり、幼馴染みと言っても過言ではない間柄だ。

「ちょっと……苦しいから、放せよ」

「久しぶりなんだ。ユリアス、もう少し、こう……抱き心地を……痛っ」

バコンという音が聞こえ、視線をゲランの背後に向けると、ヴィンセントが書類をロール状に丸め、それで容赦なくゲランの頭を叩いていた。

「……ゲラン、離れろ。ユリアスが嫌がっている」

ヴィンセントの手が強引にユリアスとゲランを引き離した。更に犬や猫を追い払うようにしっしと手を振り、ゲランを遠ざける。

「おお、怖っ。こんなことで機嫌を損ねるとは、心が狭いなぁ……」

「言ってろ。大体、お前わざと私の前でユリアスに抱きついただろう？　宣戦布告と受け取っていいか？」

「大人げないなぁ」

「大人げないのは、お前だろう」

ユリアスを挟んで、二人で何だかんだと言い合いをするのは、三年前とまったく変わらない。

「はぁ……、君たち、本当に成長していないな。私を巻き込んでいちゃいちゃしない」

そう言うと、一瞬二人の動きが固まった。

「は？」

「いちゃいちゃ……？」

二人が油の切れたゼンマイ仕掛けの人形のように、ぎこちなくギギギッと音が聞こえてきそうな動きでユリアスに顔を向けてきた。その表情は思いっきり歪んでいる。

そんなに嫌そうな顔をしなくても、と思うと、つい笑えてくる。

「ハハッ……もういいよ、君たちに自覚がないなら。で、何だか先祖返りを誘拐する犯罪が増えているんだって？」

ユリアスは今回ゲランが来訪することになった一番の理由を口にしたが、二人は何やら納得できないとばかりに、訴えてきた。

「全然よくないぞ。どうして私がこんなぼさぼさ頭の腹に一物あるような男といちゃいちゃしなくてはならないんだ？」

「失礼だな、ヴィンセント。俺だって言いたい。どうしてこんな性格の悪い腹黒男と、いちゃいちゃなどと言われないとならないんだ。ユリアス、撤回してくれ」

またもや二人で言い合う。ここまで来ると、ある意味、意気投合しているとしか思えない。

「はいはい。いちゃいちゃって言って悪かった」

「棒読みすぎるぞ、ユリアス」

ヴィンセントが恨《うら》めしげに告げてくるので、一睨みした。これで大抵彼は口を閉ざす。案の定、今回も彼は『うっ』と言葉を詰まらせたので、ユリアスはここぞとばかりに続けた。

「元から君たちは面倒臭いんだから、これ以上、うじうじ言うなら、私は席を外すが？」

そう口にした途端、右手をヴィンセント、左手をゲランに掴まえられた。

「「悪かった。行かないでくれ！」」

二人の声がハモる。思わず目を眇めてしまった。

「どうして私が、こんな大男の君たちを毎回諌《いさ》めないといけないんだ。君たちがそうやって大袈裟に反応するから、『王太子と隣国の王子を下僕《げぼく》扱いしている』なんて、昔、陰で言われていたんだぞ。知っているだろう？」

「確か、『絶対女王』とも言われて、他の留学生たちに畏《おそ》れられていたな」

「……ヴィンセント、それ以上言うな」

ユリアスが低く唸るように告げると、ヴィンセントはすぐに口を噤《つぐ》んだ。ユリアスはそんな彼を一睨みして、ゲランに視線を戻した。

「とにかく、普段顔が出せないほど忙しくて薄情なゲランが、今回はわざわざ出向いてきたんだ。余程大変なんだろうな」

「……耳が痛いな、ユリアス」

ゲランがぼそりと言うが、無視をして続ける。

「先祖返りが狙われる犯罪が増えてきているんだろう？　秘密裡《ひみつり》にしないとならないこともあると思うが、聞いてもいいことだけでも教えてくれないか？」

「教えてもいいが、そういえば、ユリアス、お前、何の先祖返りなんだ？」

ゲランが何でもないように尋ねてきた。

先祖返り同士は、相手が先祖返りかどうかその気配でわかる。だがそれぞれの聖獣を知るのはなかなか難しい。犯罪に巻き込まれるのを避けるために隠しているからだ。

聖獣の種族を知られると、その御利益がわかり、またその聖獣の弱点も知られる。聖獣を専門とした盗賊、聖獣狩りにその情報が渡れば、己の身に危険が及ぶことになる。だからこそ、いろんな意味から、相手の聖獣をあからさまに尋ねるのはマナー違反とされていた。

「秘密だ」

「余計、気になるなぁ」

とぼけたように言ってくるが、彼のことだ。何か考えがあって尋ねてきたのには間違いない。なら、その算段がわかるまでは、言わないほうが得策だ。特にユリアスは白猫なのだから。

「気になっても秘密は秘密だ。私は君みたいに露出狂じゃないからな」

「露出狂って、酷いな」

ゲランは先祖返りの中でも珍しく、自分の聖獣が『虎』であることを公表している。

虎は『災厄除け』と『悪運を断ち切る』力が強いとされ、年始の王国の繁栄を祈る祭典には必ずといっていいほど、虎の置物が神殿に奉納される。

虎自身が獰猛《どうもう》な聖獣であるため、捕獲するのも簡単ではない。しかもゲラン自身も剣術には長《た》けており、腕が立った。そのため彼自身を囮《おとり》とした討伐隊を編成し、『聖獣狩り』を呼び寄せる罠《わな》を張っているのだ。だが、彼らも莫迦ではない。容易に捕まるはずもなく、今のところなかなか苦戦しているとの話だった。

「そういえば、ヴィンセントもいまいち何の聖獣か、わからないよな」

ゲランはユリアスから聖獣を聞き出すことを早々に諦めたのか、今度はヴィンセントに声を掛けた。

「ああ、隠しているからな。言っておくが、お前に言う気はないからな」

「ユリアスになら言う気があるのか？」

「ああ、もちろんだ。それに既にユリアスは私の聖獣を知っている」

ヴィンセントの答えに、ユリアスの胸が小さく音を立て反応した。ユリアスがヴィンセントの特別であると言われたのも同然な気がしたからだ。それに彼もまたユリアスの聖獣を知っており、ユリアスにとってヴィンセントは、他人とは違う特別な存在であることは間違いなかった。お互いの秘密を共有しているとても親しい間柄だ。

「みんな、冷たいな」

ゲランが大袈裟に溜息をついて、ユリアスの隣に座った。

「フン、お前が国に戻ったきり、なかなかこちらに顔を出さないからだ。苛《いじ》めたくもなる」

円卓に三つ椅子が用意してあったので、必然的にもう一つの椅子にヴィンセントが座ることになる。

「先祖返りの誘拐の件だが、この国でも増えているんだろう？　ヴィンセント」

ゲランの言葉にヴィンセントが鷹揚《おうよう》に頷いた。

「まだ正確な数は把握できていないが、先祖返りだと公表していると、犯罪に巻き込まれることは確かなようだ。先日も囮を使って失敗したところだ」

囮――――。

ユリアスのまったく知らない話だった。

ヴィンセント、そんなことをしていたんだ……。

発情期を慰め合う仲なので、何もかも許し合っている気がしたが、ヴィンセントがユリアスの知らないところで、危険なことをしているのに少なからずショックを覚える。

確かに秘密裡に行われていることだから、部外者のユリアスに話すはずはないのだけれど、それでも小さな何かが胸に刺さった。

ユリアスのそんな心の機微《きび》にも気付かず、ゲランは話を進める。

「さっきヴィンセントにも話したんだが、先日、闇市場へ潜入したんだ」

ゲランが驚くようなことを口にした。

「闇市場か。よくそんなところへ入れたな」

「以前から闇市場のことは、わざと見て見ぬ振りをして泳がせているからな。下手に取り締まると、せっかく見つけた取引場が消えて、また違う場所へ移って把握できなくなってしまう。仕方ないが、そうならないように、こちらも目を瞑り、時々潜入して、事態を把握しているんだ」

仕方ないとはいえ、何とも複雑な感情が湧く案件だ。ユリアスの眉間に自然と皺が寄る。

「人身売買が主な取引だが、その日、一人だけ先祖返りがいた」

「先祖返り……」

ユリアスが思わず口に出すと、ゲランが頷いた。

「ああ、舞台の上で強姦されて、何の聖獣か暴かれてい……」

「ゲラン、それ以上は言わなくていい。ユリアスに聞かせることじゃない」

ヴィンセントがゲランの言葉を制する。

「ふぅん……。ヴィンセントは相変わらず、ユリアスのナイトなんだな」

「ナイトうんぬんの前に、聞いていて気持ちのいい話じゃないだろう」

ヴィンセントがユリアスを思って言ってくれていることはわかるが、ユリアスも、いつまでも彼に守られている訳にはいかない。それよりもユリアスの知らないところで、ヴィンセントだけが危険な目に遭うことのほうが耐えられなかった。ならば、そうならないように、すべてを聞いておかなければならない。蚊帳《かや》の外にいて、いざという時に彼を助けることができないのは嫌だった。

「大丈夫だ、ヴィンセント。気遣いをありがとう。それで、その先祖返りはどうなったんだ？」

「下衆な貴族に買われていったよ。それこそ他の奴隷の千倍以上の値段がついていた」

ユリアスの拳《こぶし》に力が自然と入る。

「……ということは、助けられなかったんだな」

「まあな、その場では無理だった。だが、適当に理由をつけて、その貴族の屋敷に合法的に押し入って救出する手筈《てはず》は整えている」

助かるかもしれないと耳にし、ホッとする。

「……そうか。では他の奴隷たちは？」

「全員の救出は無理だ。数が多すぎる。それに我が国、ベルデでは奴隷制度を禁止しているが、近隣諸国では認可されているところもある。そこへ連れていかれたらアウトだ」

ユリアスの国でも奴隷制度を廃止しているが、未だ多くの国に奴隷はいる。しかもそれを当たり前と受け止めている人間も多いので、なかなか廃止には至らないのだ。

「世の中には先祖返りを、宝物のように欲しがる金持ちがたくさんいる。たとえ先祖返りが王族であっても、誘拐し、監禁することを厭《いと》わない輩がな。闇取引の奴らは、誘拐した先祖返りを完全に消息不明にしてしまうだけの手段を持ち合わせているようだ」

　王族でも成人になり王座やそれなりの役職に就いたりすれば、さすがに誘拐などすると自分たちの首を絞めかねないので、彼らも手を出しにくくなるようだが、子供であったり、または市井に紛れてしまった先祖返りなどは、よく狙われる対象になる。

　先祖返りは数も少ないので、いざ見つけたとなると、聖獣狩りの輩もかなり執拗に狙ってくるのだ。

「俺たちも決して油断をしてはならない」

「わかっているよ。しかし酷い話だな……」

　ユリアスが呟くと、ゲランとは反対側の隣にいたヴィンセントが頷いた。

「ああ、酷い話だ。だからこそ、一つ一つ根気よく潰していかないとならない。まず、我々が狙っているのは、聖獣狩りの中でも規模が大きいとされるネーロ盗賊団だ」

「ネーロ盗賊団」

「ああ、先日取り逃がした聖獣狩りのことだ。玉鏡を持っている」

「玉鏡！」

　それはユリアスも聞き知ったものだった。人間に紛れ、隠れている先祖返りを見つけ出す、世界に数個しかないとされる大変貴重な鏡だ。

「なりすましでは捕まらないということだ。そこで、先ほど決まったんだが、ゲランに協力してもらって、本格的に捕り物を行うことにした」

「ゲランに？」

一瞬、どうして私に頼まないんだ？　と思ってしまったが、それを口にしてゲランに嫉妬《しっと》しているように思われても困るので、敢《あ》えて言葉を呑み込んだ。

「ああ、ヴィンセントと話していて、俺が囮になるのが一番手っ取り早いってことになって。こいつ、酷いんだぞ。もしもの時に、死んでも困らないのは俺だって言うんだ。血も涙もない友人を持ったと思わないか？」

「そうだな」

笑いながらどうにか答えたが、ヴィンセントが本当にゲランに対してそう思っている訳ではないことはわかっている。

力量を知って、ゲランにならこの大役を任せられると信用しているからだろう。しかし、それは逆にユリアスでは力不足と思われているということだ。

ベッドの役割でも言えることだが、ヴィンセントはユリアスを女性扱いしている気がしてならなかった。

考え方を変えれば、大切にされているということなのかもしれないが、ユリアスは男だ。男性としての矜持《きょうじ》もあるし、剣の腕でもその辺の男より強いと自負していた。決して彼に守られたいとは思っていない。

ヴィンセントに親友以上の気持ちを抱いているせいか、彼に頼りにされたいという思いが強い気がした。それとも、この恋愛という感情を浄化する意味で、もっと違う役割が欲しいのかもしれない。

恋人になれない代わりの――自分を満足させられる役割。

今回の囮もその役割の一つのような気がした。ヴィンセントの役に立てる任務の一つを、ゲランに盗られたような気分だ。

嫉妬。

認めたくないが、この感情につける名前はこれしかないだろう。

溜息が出そうになる。すると、ヴィンセントを呼ぶ声がした。補佐官のルシアンだ。

「ヴィンセント王子、陛下がお呼びです。至急、王の間までいらっしゃってください」

「父上が?」

「昨日、帰城されてから、条約の内容などを陛下にお伝えになっていないようですが」

「ああ……」

ヴィンセントが鷹揚に頷いたのを目にし、ユリアスは思わず口出しする。

「ヴィンセント、昨日私は確認したよな。陛下に報告を終えたかって……」

すると彼が、しまったという表情をした。

「あ、いや。ユリアスに会ってから報告しようと思っていたんだが、今朝になってゲランが急に来たから……」

「言い訳をするな。すぐに陛下のところへ行け」

そう言いながら、何よりも自分を優先してくれたことに、ユリアスの胸が高鳴る。だが、それを悟られないようにわざと突き放した言い方をしてしまい、我ながら自分の不器用さに溜息が出そうだ。案の定、ヴィンセントもユリアスの口調に苦笑している。

「厳しいな、ユリアスは」

「……厳しくはない。普通だ」

「はぁ……仕方ないな」

ヴィンセントはやる気がなさそうに席を立ち、ゲランに視線を向けた。

「ゲラン、お前はしばらくハイデルデ伯爵夫人のところへ滞在するんだろう？」

「ああ、伯母上に顔を出すように言われているから、ついでに宿を借りることになっている」

ゲランの伯母はこのアスタルス王国の大貴族の一つ、ハイデルデ伯爵家に嫁いでいた。

「ヴィンセント、今日はこのまま伯母上の家に帰るよ。また明日にでも出直そう」

「悪いな。明日の昼なら大丈夫だ。一緒にランチをしながら話を詰めよう。じゃあ」

ゲランにそう言うと、ヴィンセントはルシアンに促されながら、サンルームから出ていった。

その後ろ姿が見えなくなると、ゲランがユリアスに話し掛けてきた。

「相変わらず忙しい奴だな」

「ああ見えても王太子だからな。日夜公務に追われているが、立派にこなしているよ」

「お、珍しいな。ユリアスがヴィンセントを褒めるなんて」

茶化されたので、じろりと睨んでやると、ゲランがわざとらしく肩を竦《すく》める。それ以上彼の言葉を否定するのも子供っぽい気がして、ユリアスは言葉を足した。

「正しく評価しただけだ」

「ふぅん……」

意味ありげに頷かれるが、このままゲランの挑発に乗るのも得策ではないので、取り敢えず無視をする。するとゲランもこれ以上の詮索《せんさく》は諦めたのか、話題を変えた。

「さてと、じゃあ、俺も帰ろうかな」

「私も孤児院へ絵本を持っていくから、途中まで一緒に行こう」

そう言うと、ゲランの目が僅かに見開いた。

「まだ続けているのか」

「ああ、誰かさんは故郷に帰ってしまったし、もう一人の誰かさんも公務に追われて忙しいからな。私がやるしかないだろう?」

三年前まで、三人でやっていたボランティア活動である。あの頃はまだヴィンセントやゲランもユリアスと一緒で、学問優先で過ごしており、野外活動の一環として、三人で孤児院に絵本を届け、読み聞かせをしたりしていた。

その後、ヴィンセントは王太子として公務に就き、ゲランは帰郷し、やはり国政にかかわっている。ユリアスだけが三年前と変わらずにいた。

それを寂しいと感じた頃もあったが、今はもう慣れて一人で絵本を届けている。

「いや、そうか……。悪かったな、ユリアス」

「別にいいさ。私の手が空いているだけだからな。でも、この国にいる間は時々でいいから手伝ってくれ。子供たちも訪問客が増えると喜ぶんだ」

「ああ、今から伯母上の屋敷に戻りがてら手伝おう。だけど、俺とユリアスが二人で絵本を配りに行っていたら、ヴィンセントが焼きもち焼きそうだよな」

「どんな焼きもちだか……。さあ、君も早く帰らないとならないんだろう？　すぐに準備をしてくるから、ちょっと待っていてくれ」

ユリアスはゲランを置いて、急いで部屋へと戻ったのだった。

＊＊＊

「わぁ、このくまさんのおはなし、読みたかったやつだ！」

「わたしはこれがいい！」

ユリアスがゲランと護衛を連れて孤児院へ行き、待ちかねていた子供たちに絵本を配ろうとすると、一斉に歓声が上がった。

「押し合ったりしないでね。順番、順番。男の子は紳士だろう？　女の子を優先させてあげようね。それと、女の子は淑女だろう？　ちゃんと譲ってくれた男の子にお礼を言うんだよ。とりあえず、皆、一冊ずつだよ。後で貸し借りして、皆で楽しむんだぞ」

子供たちは行儀よく並び、ユリアスが持ってきた絵本を吟味《ぎんみ》し、一番気に入った本を手にして席に着く。

「ありがとう、ユリアスお兄ちゃん！」

少年の声に、いつもはクールなユリアスの頬も緩む。こうやって子供たちの喜ぶ姿を目にするだけで、自分の中にある小さな不安が霧散する気がした。元気が貰えるとでもいうのだろうか。

ユリアスが子供たちと絵本を覗き込んでいると、ゲランが出入り口から声を掛けてきた。

「じゃあ、もう帰るよ」

「ああ、今日は本を運んでくれてありがとう」

馬車から本を運び出す時に、ゲランも手伝ってくれたのだ。お陰でいつもより早く絵本を配り終え、子供たちと一緒に本を読む時間が増える。

「これくらい何でもないさ。また声を掛けてくれ。じゃあな」

ゲランは軽く手を振ると、護衛たちと外へと出ていった。すると子供たちの一人がユリアスに声を掛けてきた。

「ユリアスお兄ちゃん、あのお兄ちゃん、だれ？」

「私の友達で、隣の国、ベルデの第二王子だよ。しばらくこの国に滞在するそうだから、またここにも顔を出すと思うよ。今日は急ぎで帰らないとならないから、今度、また改めて紹介するね」

そう答えると、少年の目が下を向いた。どうしたのだろうかと、そのまま少年が何か行動を起こすのを見守る。すると、少年がぽつりぽつりと話し出した。

「うん……。あの……あのね。さっき、あのお兄ちゃんの馬に、知らないおじさんがずっとはなしかけていたんだけど……」

「馬に、話し掛けていた？」

外にはゲランの部下が待機しているはずだ。おかしな男が馬に近づけるはずがないので、『知らないおじさん』は部下の一人だろう。だが。

「あのお兄さんのなかま？　の人たち、そのおじさんが見えてないのか、おじさんをむししてるんだよ」

「無視している？」

「うん。おじさんがいるのに、見えてないみたいに動くんだよ。このあいだ、読んだえほんに魔法使いのおばあさんが出てきたんだけど、その魔法使いとおなじなんだ。もしかしてあのおじさん、魔法使いなのかな？　それで馬ともおはなしができるのかな？　ユリアスお兄ちゃんのおともだち、魔法使いとおともだちなの？」

「魔法……使い……？」

そんな夢物語のような人間はいない。しかし少年が嘘をついているようにも思えなかった。何だか胸騒ぎがした。

ゲランは聖獣『虎』の先祖返りだ。虎は『災厄除け』や『悪運を断ち切る』力があるとされている。

この少年の言葉が、ゲランのその力に影響され、危機を救えるきっかけの一つだとしたら、見逃してはならない――。

背筋がゾクッと震えた。

「ごめん、ちょっと気になるから、今のお兄ちゃんの様子を見てくるよ」

ユリアスは少年に断り、すぐに踵《きびす》を返し、ゲランを追った。

孤児院を出ると、ゲランは出発した後だったが、護衛の一人がまさに今、ゲランの後を追おうと馬に乗ったところだった。

「待て、聞きたいことがある！」

ユリアスはその護衛に急いで声を掛けた。

「ゲランの馬に見知らぬ男が話し掛けていたという目撃情報があったが、本当か？」

「いえ、誰一人、王子の馬どころか、我々の馬にも近づいておりません。どこからの目撃情報でしょうか？」

「っ……」

やはりおかしい――。

あの子供が嘘をついているのか、この男が嘘をついているのか――。

咄嗟《とっさ》の判断でユリアスは声を上げた。

「馬を貸してくれ。私はゲランを追う。君は中の子供たちを私の護衛たちと一緒に守っていてくれ。叱責《しっせき》は私が受ける。君の責任にはしない！」

「ですが……」

「退け！　説明している暇はない！」

ユリアスの勢いに負けて、護衛が馬から下りると、入れ替わりにユリアスは馬に飛び乗った。

――魔法使いなどいない。だが催眠術を使う人間はいる。

ユリアスは馬を走らせつつ、状況を整理した。

催眠術等により子供が嘘をついていたとしたら、ユリアスを孤児院から離すのが目的だろう。だが離すだけでは意味がない。その後が曖昧《あいまい》だ。一方、もし護衛のほうが催眠術で術者の姿が見えないようにされていて、術者がその間にゲランの馬に細工をしたのなら、前者よりも目的がはっきりしている。ゲランを害そうとしているに違いない。

万が一、勘が外れて子供のほうに問題があったとしても、ユリアスの護衛を置いてきているので、何かあっても対処に問題はないだろう。

ユリアスは自分の瞬時の判断を反芻《はんすう》しながら、馬の手綱《たづな》を握った。すぐにゲランの背中が見えてくる。だがゲランの様子がおかしかった。

ゲラン――――！

馬のスピードを上げる。

「ユリアス王子！」

ゲランの後方を走っていた護衛の一人が声を掛けてくる。

「戦闘態勢をとれ！」

ユリアスは一言だけ声を掛けて彼らを追い抜き、更にグンッとスピードを上げた。

「ゲラン！」

彼と並走し、声を掛ける。ゲランがユリアスの姿を見て一瞬驚くが、すぐに状況を説明した。

「ユリアス！　馬が言うことを聞かん！」

馬を見ると、異常なほど興奮しているのがわかる。

「馬が呪術を掛けられている可能性がある！」

「何だと！」

「君をどこかに連れていくつもりかもしれない。並走するからこちらへ乗り移れっ！」

ユリアスは並走しながら、できるだけ馬をゲランに近づける。かなりのスピードだ。少しでも手綱捌きを間違えれば、大怪我に繋がる危険な行為だった。

「そういうことなら仕方ない――」

ゲランがそう口にした時だった。彼の姿がみるみるうちに異形《いぎょう》の姿へと変わっていく。それが大きな虎だと認識した時には、彼は馬から飛び下りていた。

「ゲランッ！」

ゲランはそのまま目にも止まらぬ速さで、走る自分の馬の前へと回り込んだ。突然の虎の出現に、馬が驚いて前肢を上げ棹立《さおだ》ちになる。

ユリアスも馬から飛び下り、ゲランの馬に声を掛けた。

「どう、どう。落ち着け」

ユリアスの声に馬が冷静を取り戻し始める。そこに虎の姿のままでゲランが近づいてきた。

「ジュテ、俺だ。落ち着け」

ゲランは馬の名前を呼び、じっと馬と見つめ合う。やがて馬も自分の主人であることに気付き、大きな虎に頬ずりをした。

「呪術が解けたか。よかった」

いきなりの虎の出現に驚いたせいもあってか、冷静さを取り戻したようだった。先ほどまでのような激しい興奮は抑えられ、今は穏やかな瞳をこちらへ向けていた。

「大丈夫か？　ゲラン」

　ユリアスは改めて虎に変化したゲランに声を掛ける。

「ああ、大丈夫だ。虎の俊敏《しゅんびん》さで落馬を回避したからな。それよりもユリアス、その耳を急いでしまえ。誰かに見られたら大変だぞ」

「えっ」

　ユリアスは慌てて手で頭の上を触った。ちょこんと耳が二つ生えていた。

　まずい――っ。

　気を荒立てたせいか、白猫の耳が出ていたようだ。ユリアスはすぐに耳を引っ込めるが、ゲランの何か言いたげな視線が怖い。取り敢えずゲランの視線を無視していると、すぐに護衛の兵士らが追い付いた。

「王子、ご無事でしたか！」

「ああ、誰か、羽織るものはないか？」

「こちらに」

　護衛の一人が自分の外套を脱ぎ、ゲランへと差し出す。するとゲランの躰が先ほどとは逆で、徐々に小さくなり人間へと戻っていった。服は破れてかろうじて裸体に引っ掛かっているような状態なので、人間の姿に戻ったゲランは、すぐに外套を受け取ってそれを羽織った。

「敵が周辺に隠れているかもしれません。早くこちらの馬へ」

「ああ、わかった。ユリアス、少しいいか？」

ゲランが兵士の声に答えるも、ユリアスに言い逃れは許さないとばかりに厳しい目を向けてきた。これは聖獣を明らかにしなければ、許されそうにもない雰囲気だった。

「……何だ？」

ユリアスが返事をすると、ゲランは傍にいた護衛たちに声を掛けた。

「お前たちは少し下がれ」

たぶん今からの会話を聞かせたくないためだろう。

「しかし……いつ敵が……」

「大丈夫だ、すぐに終わる」

ゲランの声に護衛たちが渋々と後ろへと下がった。ゲランはそれを確認すると、再びユリアスに向き直った。

「単刀直入に言うが、ユリアス、お前、白猫か？」

「本当に単刀直入だな。君が見た通りだ」

開き直って答える。

「ったく、白猫は一番狙われやすい聖獣だっていうのに、そんなに簡単に耳なんて見せるな」

「仕方ないだろう。君がこんな目に遭わなければ、私だってきちんと変化をコントロールしている」

君が悪いとばかりにゲランを睨みつけると、彼が大きく溜息をついた。

「……このことは、ヴィンセントは知っているのか？」

ユリアスの眉がぴくりと動いてしまう。ヴィンセントのことを言うと、発情期の遣り過ごし方など追及されそうで、あまり答えたくなかった。

その意思が伝わったのか、ゲランが再び息を吐く。

「はぁ……、どちらにしても、知ったからには早急にお前を保護しないとならない。いっそのこと、俺とつがいになるか」

「つがいっ⁉」

突然の申し出に大声が出てしまう。後ろに控えていた護衛たちにも聞こえてしまったようで、『つがい』という非常に繊細な単語に、一瞬どよめいていた。

つがいとは、先祖返り同士だけに成り立つもので、お互いの血を舐め合い、その後、手の甲に赤い薔薇《ばら》の徴《しるし》が発現して成立する、一生涯寄り添う伴侶《はんりょ》のことだ。

「ことわざでも言うだろう？　『甲斐なき白猫は竜を従え、夜を明かす』と。意味は相手を弱いと見下していると、思わぬことで足元を掬われるというものだ。元来は、白猫は竜という強いつがいを持たないと、夜も過ごせないほど弱いという状況を謳《うた》ったものだが、今、竜はほとんどおらず、絶滅も間近だとされている」

絶滅間近――。竜は聖獣の中でも別格とされ、別名『神獣』とも呼ばれている。それは、竜は本来この世にいないもの、神の世界にいるものとされているからだ。

ごく稀《まれ》にこの大陸の古《いにしえ》の王族の中から竜の先祖返りが生まれることはあるが、大抵は人間でいるのをやめ、竜となり天空へと消えていく。俗世にいることが、神獣の竜にとって毒になるのが理由の一つだ。

しかし、ただ一つだけ竜がこの地上にとどまる方法があった。

——愛する『つがい』を得ることだ。

それはただのつがいであってはならない。人間ではなく先祖返りで、しかも心から愛し合うつがいでなければ効力はなかった。

竜はこのつがいを得ることにより、相手の力を得て、初めてこの地上での生を約束されると言われている。それゆえに竜の先祖返りがこの地上で確認されることは、本当に稀だった。

そんな状況で、ニリアスが竜を子供の頃に見掛けたのは、奇跡とした言いようがない。

あの竜もきっと地上で生きることをやめ、天空へ還ったのであろう。

ユリアスがほんの一瞬、子供の頃を思い出していると、ゲランが言葉を続けてきた。

「竜が無理となると、できるだけ強い力を持つ聖獣の先祖返りとつがいになることが白猫には必要不可欠となる」

「だからといって……」

ゲランでなくとも……と続けようとしたが、言葉を遮られる。

「ユリアス、知っていると思うが、つがいになると伴侶の力を得ることができる。白猫のような狙われやすい種は、できれば強い先祖返りとつがいになり、相手の力を使えるようになることが先決だろう?」

それは知っている。先祖返りは先祖返り同士で婚姻を結べば、伴侶に危機が迫ると、それを察知し、その危機を救うことができるようになる。『甲斐なき白猫は竜を従え、夜を明かす』のことわざ通り、それがつがいの力の一つでもあった。そのため白猫は強い先祖返りとつがいになるのが先決とされている。逆に力を分け合うことができない普通の人間との結婚はあまり歓迎されていなかった。先祖返りは、可能な限り先祖返りと結婚させようと周囲が動くのだ。

「俺は虎だ。聖獣の中では強いとされるものの一つだ」

「急に言われても……。それに君も私も男だ。つがいというのは……」

「別に伴侶が男でも構わないだろう?　性別よりも相手が先祖返りであることのほうが慶事だと誰もが喜ぶぞ」

「いや……それはそうかもしれないが……」

ユリアスの心に一瞬、ヴィンセントの姿が浮かぶ。浮かんだことで自分の気持ちを改めて思い知った。

たとえ、結ばれなくても彼のことが好きなのだ――。

せめて彼の結婚が決まるまで、ユリアスは彼の傍に、発情期の相手でもいいから彼の傍にいたい。以前、この関係を解消したいと思ってもいたが、もう手遅れであることに気付いた。

口を閉ざすと、ゲランがユリアスの手を掴み上げた。

「ユリアス、今だから言う。俺はお前のことが昔から好きだった」

突然の告白に、驚いて彼の顔を見てしまう。

「好きだ、ユリアス」

ユリアスはハッと我に返って、首を横に振った。こんなことを本気で受け取っては駄目だ。

「……そんな取ってつけたような言い方されても、信用できないな」

「本当だ。ずっとヴィンセントに邪魔をされていただけだ」

「え……」

ヴィンセントに邪魔をされていた――？

「俺は、ヴィンセントと違って王太子じゃない。王太子となると、その伴侶も簡単には選べないが、俺は違う。結婚相手にだって自由が利く。ヴィンセントよりも俺のほうが優良物件だ」

「ヴィンセントよりもって……そこにヴィンセントは関係ないだろう」

ヴィンセントの名前を出され、つい反応してしまった。もしかしてユリアスの反応が見たくて、ゲランはわざと名前を口にしたのかもしれない。

「……ヴィンセントと発情期の間、寝ているんだろう？」

「そ、それは……」

ヴィンセントが口を滑らせてゲランに二人の関係を言ってしまったことを思い出し、言い淀んでいると、ゲランが言葉を続けてきた。

「お前が関係ないと言うなら、それでいい。俺とつがいになろう。お前を幸せにする」

摑まれた手が痛みを発する。ゲランが強く握ったのだ。

「な……」

その時だった。握られた手が誰かに奪われ、ゲランの手から引き離された。

「そこまでだ、ゲラン」

「ヴィンセント！」

ゲランの驚いた声にユリアスが振り向くと、ヴィンセントがユリアスの手を握ったまま、鋭い双眸をゲランに向けていた。ここにいるはずのない彼の登場に、ユリアスも驚いた。

「ヴィンセント、どうしてここに……」

「お前が事件に首を突っ込んだようだと、護衛から連絡があって、急いで追ってきたんだ」

ヴィンセントはゲランから視線を外さず、質問に答える。

「ユリアス、城へ帰るぞ」

一方的にヴィンセントはユリアスの手を引っ張り、自分が乗ってきた馬へと向かった。

「ヴィンセント？」

彼の様子がおかしい。それにゲランに対してこんな態度を取る彼を見たことがなかった。するとゲランが呼び止める。

「ヴィンセント、来るのが遅いんじゃないか？　こんなことだと、ナイトもそろそろお役御免だな」

　ヴィンセントの足が止まる。そして視線だけちらりと背後に向けた。

「お前に言われる筋合いはない」

「ユリアスが何の聖獣の先祖返りか、もちろんお前も知っているんだろう？」

「知っている。だがゲラン、お前が口を挟む問題ではない」

　そう言うと、再び前を向いて歩き出した。

　昔からヴィンセントは、ゲランにユリアスのナイトだと揶揄《やゆ》されているが、こんな風に怒ったことなど一度もない。

　ヴィンセント……。

　ユリアスは彼に手を引っ張られるまま、後についていく。すると向こうから孤児院に置いてきた馬車がやってくるのが見えた。ヴィンセントが手配したのだろう。

　ユリアスは借りていた馬を、ゲランの護衛兵に返し、そのままやってきた馬車へ乗ろうとすると、ヴィンセントも馬車へ乗り込んできた。

「ヴィンセント、馬は？」

「馬車に繋ぐ」

ぶっきらぼうにそう答え、ユリアスの隣へと座った。だが馬車が動き出してしばらくしても、一向に話そうとはしない。そればかりか視線さえもユリアスのほうへ合わせてこなかった。

孤児院に絵本を運んできたため、馬車を使ったが、こんな気まずいことになるのなら、馬車とは別に馬に乗ってくればよかったと後悔するがもう遅い。

ちらりとヴィンセントに視線を向けるが、彼は頑なに顔をこちらに向けようとしないのが見て取れた。このままでは息が詰まりそうな空間で、ヴィンセントと二人黙って過ごすしかなさそうである。

こんな空間は御免だ。ユリアスは思い切って彼に声を掛けた。

「ヴィンセント、何を怒っているんだ」

ユリアスがヴィンセントの顔をきっと睨むと、彼がようやく口を開く。

「私が怒っていることには気付いているんだな」

「は？」

間抜けな声が出てしまった。言うに事欠いて、それか、という思いが募った結果だ。

ムッとして目を眇めると、ヴィンセントは更に不機嫌な顔を向けてきた。

「ユリアス、お前は自分が白猫だという自覚が足りない」

「足りなくはないぞ」

「いや、全然足りない。現に、ゲランにもばれてしまっただろうが」

「……あれは不可抗力だ」

「不可抗力も何もない。お前はどれだけ自分が稀少種で、よからぬことを企《たくら》む人間に狙われやすいか、自覚が足りなすぎる」

「だからそれは……え？」

言い返そうとした刹那、隣に座っていたヴィンセントがきつく抱き締めてきた。それで彼の腕が僅かに震えていることに気付く。

「ヴィンセント……」

彼にかなり心配させてしまったことに、ユリアスの怒りが急に萎《しぼ》む。代わりに申し訳なさが胸の奥から込み上げてきた。

「……ごめん」

ユリアスの口からするりと素直に言葉が零れ落ちた。するとそれまで高圧的だったヴィンセントの態度が柔らかなものへと変わり、ユリアスを抱き締める腕の力を強くした。

「頼むから、危ないことに首を突っ込んでくれるな。特にゲランは自分を囮にして聖獣狩りを逆に捕らえようとしているんだぞ。そんな奴にお前が近づいたら、どうなると思う？」

喉の奥から絞り出したような震える声で、ヴィンセントに訴えられる。そんな風に言われてしまったら、さすがのユリアスもきつく言い返すことができず視線を伏せた。

「わかっている。確かにヴィンセントの言う通りだ。自分の姿をわざわざ聖獣狩りに晒すとい

なかったんだ」

「だが親友であるゲランに何かあるかもしれないとわかっているのに、見過ごすことなどでき

う事態になりかねないよな」

「ああ、そうだ」

そう言うと、ヴィンセントが顔を上げ、正面からユリアスの顔を見つめる。

「お前に何かあった時の私のことは、心配してくれなかったのか？」

「心配って……」

何を言っているんだと思ったが、ヴィンセントの顔が真剣そのものだったので、ユリアスも茶化すのをやめ、真面目に返した。

「……そこまで考えが及ばなかった。だが君は私に何かあっても、動揺したら駄目だろう。君は王太子だ。それこそ私の屍《しかばね》を乗り越えるくらいの気概《きがい》でいろよ」

彼を励ますつもりだったのに、彼の表情が固まったのを目にする。

「……本気で言っているのか？」

彼が低く唸るように尋ねてきた。どうやら彼をまた怒らせてしまったようだ。

「本気というか、君はこの大国、アスタルス王国の次期国王だ。何事があっても冷静に受け止めろよ。そういう心積もりでいないと駄目だろう？　国や国民を守り、何事にも負けない強い国王になれ。私は、君にはそういう国王になってほしいと思っている」

本音だ。本当は自分のことを心配してくれるヴィンセントに、嬉しいという気持ちがない訳ではない。だが彼には国よりユリアスを優先するような王になってほしくなかった。

「っ……それがお前の思いか？」

彼の少し苦しげに歪む顔を真正面に見ながら、ユリアスは頷いた。

「ああ、私の願いでもある。揺るぎない王国を君が造ってくれるのなら、少なくともこのガゼリア大陸が戦火に巻き込まれることはない」

「お前は酷い男だ……」

ヴィンセントがユリアスに聞こえるか聞こえないかくらいの小さな声で呟くのを、不幸にもユリアスの耳は拾ってしまう。しかしユリアスはヴィンセントの呟きを聞き取れなかったように接した。

「何か言ったか？」

感情を隠し問い掛けると、ヴィンセントが小さく溜息をついた。

ヴィンセントがユリアスに執着しているのは知っている。だからこそ流されては駄目なのだ。彼がいつかユリアスの手から離れてしまう日が来た時に、笑って背中を押してやりたい。

そのためにも彼の思いに気付かず、何の感慨もない様子を装っていかなければならなかった。ユリアスがヴィンセントに想いを寄せていることを知られたら、彼はもっと強く迫ってくるに違いないだろう。そうなれば、本当はヴィンセントのことが好きなのだから、彼の熱に流され、離れられなくなってしまうのは目に見えていた。

それが『愛』の怖さだ。

笑って彼と別れられない。空っぽになって、きっとみっともなく縋ってしまう。そうならないためにも彼との間に一線を引いておかなければならなかった。

じっとヴィンセントが答えるのを待っていると、先ほどとは違う言葉を口にする。

「ならユリアス、一つだけ約束してくれ。簡単にお前が『死ぬ』ようなことを言うな」

どうやら『屍を乗り越える』というのが気に入らなかったようだ。

「悪かった。深い意味はなかったが、気を付けるよ」

謝ってみたが、ヴィンセントの表情は曇ったままだった。たぶんユリアスが意図的にヴィンセントを突き放し、そして彼の言葉に気付かない振りをしたのを察しているのかもしれない。

少し前のユリアスなら、これで傷ついたりしたのだが、今はヴィンセントと自分のためだと言い聞かせ、恋心を鉄格子の中へと閉じ込めてポーカーフェイスを貫くことができた。

彼のユリアスを抱き締める手が離れる。

「ヴィンセント……？」

名前を呼ぶが彼はそのまま前を向き、口を閉ざしてしまった。

いやに石畳を走る車輪のゴトゴトという音がユリアスの耳につく。ヴィンセントとの関係が少しずつ変わっていくのを感じながら、ユリアスはそっと目を閉じたのだった。

◆

Ⅳ

◆

ヴィンセントと初めて躰の関係を持ったのは、十九歳――三年前だった。

少し前に幼馴染みだったゲランが国へと戻され、これでユリアスより長くアスタルス王国に囚われている王子や王女はいなくなった頃である。

ユリアスが親友として心を許せるのはこの国の王太子、ヴィンセントしかいなくなっていた。同じ留学生という立場の各国の王子や王女は、皆ユリアスと歳が離れ、友人というよりは兄的な存在にならざるを得なかったのだ。

その頃から、ユリアスは少しずつ体調を崩すようになった。いつも微熱があり、躰がだるい。酷い時にはベッドで寝て過ごす日もあるほどだ。

その日も躰がだるく、休養がてら気に入っている温室で紅茶を飲んでいた。テーブルの上には紅茶とビスケット、そして虹色の羽根を持つ小鳥、ファンダールのテテがいた。

テテはビスケットを細かく砕いたものが好きで、一生懸命テーブルの上に置いたそれをつついている。そんな姿を見つめていると、体調が悪くとも穏やかな気持ちになった。

この温室はアスタルス王国の故王太后が好んで造らせたものらしく、大陸中の珍しい花々が育てられている。

本来、王族以外は立ち入り禁止の温室であったが、今はほとんど誰も訪れないということで、ヴィンセントから自由に使っていいと鍵を渡され、実質上、ユリアス専用の温室となっていた。

そのためユリアスは、授業以外はここで過ごすことが多い。

「はぁ……もう一ヵ月くらい熱がひかないな……」

テテにそっと囁く。テテがどうしたの？　という感じで首を傾げて、ユリアスの話を聞いてくれた。

最初は風邪だと思っていたが、従者のシャンダによると、幼獣から成獣へと変化する際に現れる、過渡期障害の症状の一つの可能性があると教えてくれた。

先祖返りによって症状の出方が違うので、はっきり言えないが、微熱が続くのは該当する症状だった。

「成獣か……。発情期があるんだよな」

ユリアスは十三歳からこの国へ来ているので、この国での発情期における先祖返りの扱い方はよく知らないが、祖国では伴侶を持たない先祖返りの発情期には、本人が希望すれば、割り切った専用の相手が用意されていた。

「この国はどうなんだろう……。尋ねにくいけどヴィンセントに聞くしかないのかな」

指の腹でテテの頭を優しく撫でてやると、テテが顔を上げて首を傾げてきた。その様子が可愛くて、つい笑みを浮かべてしまう。

ヴィンセントは獅子の先祖返りだ。獅子は年中発情しているといわれているが、彼がそういった状況に陥っているのを見たことがない。たぶんきちんとそういう対処をしているのだろう。

「う……考えるだけで顔が熱くなるな。でも発情期中、ずっと性行為をしたい訳じゃないって、前に聞いたことあるし、そんなに構えなくてもいいのかな」

発情期も個々違うようで、その期間中は少し性的興奮が強いかも、くらいで済む、性欲の薄い先祖返りもいると聞く。

「私も軽く済んでくれるといいけど。元々性欲なんてあまりないし」

小さく溜息をつく。口元から零れる吐息さえも熱を帯びていた。そういえば、先ほどから頬が熱いと感じていたが、一向に冷める気配はない。頭もどこかぼぉっとしてきた。

まずい……。何か変だ……。

意識が朦朧としてきた時だった。下肢に重く甘い疼きが湧き起こる。

「え――――？」

おかしいと思った瞬間、ゾクゾクッとした淫猥な痺れがユリアスの背筋を物凄い勢いで駆け上がった。

「あぁ……っ……」

ベンチに座っていられず、床へと崩れ落ちる。テテが驚いて飛び上がった。

「ご……ごめ……ん……テテ……んっ……」

ざわっとした今まで感じたことのないような感覚が全身を駆け巡る。

な、何……？

ぞわぞわとした甘い痺れのせいで、手足の感覚がなく、立ち上がることもできなかった。

そして間もなくユリアスの下肢が触れてもいないのに、頭を擡げ始めた。

「やっ……ぁぁ……」

発情期――？

この感覚はそれとしか思えなかった。噂通り、最初の発情期は本当にいきなりやってくる。

や……誰か、助けて――！

ねっとりとした暗く深い沼に引き摺り込まれるような錯覚を抱き、必死でもがく。すると遠くからヴィンセントの声が聞こえてきた。

「……アス……ユリアス！」

ここにいるはずのないヴィンセントが目の前にいた。温室にはユリアス一人だったはずだ。訳がわからずに彼を見上げると、彼がユリアスの視線に合わせるため跪く。

「ここにいてくれて良かった。ここはお前のために用意した鳥籠のようなものだからな。誰も入れない」

鳥籠……？

疑問が一瞬浮かぶが、頭が朦朧とし、すぐに意味をなさないものとして闇へと消えていく。

テテが緊急事態だとばかりにヴィンセントの肩に止まって、ピィピィと鳴き始めた。

「あ……」

声を発したいのに、喉がカラカラで張り付いて喋りにくい。

「大丈夫か？　ユリアス」

頬をそっと触れられた。ヴィンセントの指先だ。途端安堵に包まれ、救われた気分になる。

感謝の気持ちを表したくて、彼の指先に頬を擦り付けた。今、声を出したら、みっともない
嬌声を上げてしまうのはわかっていたので、唇を噛み締める。代わりに涙が込み上げた。

「ユリアス、苦しいのか？」

「……ヴィン……セ……んっ……」

嬌声を出しそうになって堪《こら》える。するとヴィンセントが背中に手を回し、抱き起こしてくれ
た。そしてそのまま背中を優しくさすってくれる。

「どうやら発情期が来たようだな。大丈夫か？　苦しくはないか？」

「苦し……い、ヴィン……助けて……あっ……」

凄絶な渇望が躰の芯から込み上げてきた。それに目を瞑って耐える。

「はっ……凄いフェロモンだな。この濃さでは先祖返りだけじゃなく、普通の人間もお前のフェロモンに取り込まれ、襲ってくるぞ」

「や……」

その状況を俄に想像し、背筋が凍り付く。

「すまない、怖がらせたようだな。ここは安全だ。お前専用の温室だからな。ここには私とお前しかいない」

「ヴィンセントと私しか……」

それを聞いて安堵し、ポロリと涙が頬に流れ落ちてしまった。その涙をヴィンセントが指でそっと拭ってくれる。

「ユリアス……、発情期の対処方法を知っているか？」

「な……何となく」

「なら、どうしたらいいかわかっているんだな」

ヴィンセントの指がユリアスのふっくらと膨らむ桜色の唇に触れてきた。意味ありげな動きで何度も唇を撫でられ、その感触に全身がざわざわとさざめく。

「誰か……相手を……でも、もしかしたら、少し我慢すれば……遣り過ごせる……気が……」

途端、ヴィンセントの蒼い双眸が鋭さを増した。

「発情期を遣り過ごしている間、ずっとそのフェロモンを周囲に垂れ流すつもりか？」

「え？」

「そんな状態を続けると言うのなら、お前を城の奥に監禁する」

「な……監禁って何を」

監禁という恐ろしい言葉にユリアスの身が委縮し、反動で発情が少しばかり治まった。だが、そんな言葉をさらりと口にしたヴィンセントの顔を見つめずにはいられない。

するとと彼の表情が緩んだ。

「ああ、すまない。言葉が足りなかったな。要するに、お前が誰かに何かをされないか心配だから城の奥で匿うということだ」

「監禁って……くっ……犯罪者じゃあるまいし……。言葉が足りない……どうこうという話じゃ……っ、ないだろう、今のそれ」

抗議するが、ヴィンセントは聞く耳を持たない様子だ。仕方なくユリアスは言葉を続けた。

「じゃあ、専用の相手を……用意して……くれるの……っ、か？　私の故国ではそういう仕組みがあるぞ……っ……」

彼の片眉が僅かに動く。

「ユリアス、それは許さないからな」

「許さないって……君にそんなことを……っ」

言い掛けた刹那、ヴィンセントの蒼い瞳が仄暗い火を灯す。普段とはあまりにも違う様子にユリアスは言葉を失った。いや、様子が違って見えるのは、ユリアスが発情期だからかもしれない。

発情期とはこんなに怖いものなのか――――。

ユリアスは力の入らない手で彼の肩を押し返した。だが、その手は捕らえられ、ヴィンセントの唇に寄せられる。

「ユリアス、お前に何かあるかもしれないと思うと、私は生きた心地がしない」

「……大袈裟なことを」

「大袈裟？　大袈裟であるものか。お前がどこかで襲われるかもしれないと心配し怯《おび》える日々。そんな地獄に私を堕《お》とすのか？　お前は……」

「地獄に堕とすって……」

ヴィンセントの脅《おど》しとも取れる言葉にユリアスはどう答えていいかわからなくなる。特に今は突然の発情で、思考がふわふわしているのだ。難しいことは考えられなかった。

ただ、何かおかしいことだけはわかった――――。

「ヴィンセント、どうし……」

「私をその地獄から救えるのはお前しかいない」

ユリアスの言葉を遮ってヴィンセントが口を開いた。

「救えるって……それはどういう……意味だ？」

「私を利用すればいい」

歌うように滑《なめ》らかな、そしてどこか楽しそうな口調でヴィンセントが告げる。

「利用って……」

「私も発情期を持つ身だ。その苦しさはよくわかる。だからこそ、お互いの熱を分かち合うのに、私は最良の相手だと思わないか？」

「最良って……君は何を考えているんだ？」

「何を？」

刹那、ヴィンセントの顔に笑みが深く刻み込まれる。

「お前の発情期の相手になる方法だ」

「っ……」

彼の一挙一動に、どこか恐怖を覚えずにはいられなかった。どうしてかヴィンセントから逃げたいという欲求が湧き起こってくる。

恐くなり、ユリアスは再び彼の両肩を押し退けた。だがユリアスよりもずっと逞《たくま》しい躰は、今回もやはりびくとも動かない。

「私から逃げるのか？　ユリアス」

ヴィンセントの額がユリアスの額にくっつけられ、吐息が掛かるほどの間近で囁かれる。

「逃げるのかって……君が……くっ……あ……変なことを……言う、からだ」

また快楽への衝動がユリアスの躰のどこかから湧き起こってきた。耐えがたい甘い苦痛だ。

「変なことじゃない。建設的な話だ。テテ、あとは私がユリアスの面倒を見る。お前は木陰で休んでおいで」

ヴィンセントの声にテテは羽ばたき、温室の上へと飛んでいった。同時に彼のユリアスの手を握る力が強くなる。

「キスをしても？」

彼がそっと尋ねてくる。それだけで躰がぞくぞくしてきた。

「どうしてキスなんて……」

「したいからだ」

ヴィンセントがゆっくりと覆い被さってきたかと思うと、唇に少しかさついた冷たいものが当たる。それが彼の唇だと気付き、頬がカッと熱くなった。

「ヴィンっ……」

慌てて彼の唇から逃げるが、執拗に追われ、すぐに捕らえられる。

「んっ……」

じわりと快感が腹の底から湧き上がった。どうしようもない熱がユリアスの正常な判断を奪っていく。

焦点が合わず、ぼぉっとすぐ目の前のヴィンセントの顔を見つめていると、彼が愛おしげに双眸を細めたのが目に入った。

あ……やめろ。そんな目で見つめるな――。

彼の視線に心が搦め捕られるようだ。四肢を縛られてもいないのに、躰が思うように動かない。過多な快感という拷問に晒され、すべてを手放しそうになった。

それが発情だ。ユリアスは明らかに発情期に入り、そしてヴィンセントに発情しているのだ。

そんな……。

動揺を隠せないでいると、ふと彼の下肢が腰に当たる。

「っ……」

それは明らかに硬くなっていた。ユリアスだけでなく彼も発情しているようだった。

「ヴィンセント……っ……な……」

「お前に触発されたようだな」

口づけの合間に、そう言ってヴィンセントが腰を擦り付けてきた。

「な……君は相手が男でも……は、反応するのかっ……んっ……」

「どうだろうな。自分から欲情したのは、お前が初めてだからわからない」

「何が初めて……節操な……し、あっ……ん……」

再び唇を塞がれたかと思うと、ヴィンセントの舌が我が物顔でユリアスの歯列を割り、口腔に滑り込んでくる。

　さもそれが当然だと言わんばかりなのが、癇《かん》に障り、ユリアスはキッと自分の唇を奪う男を睨みつけた。だがヴィンセントはそれさえも楽しむように更に口づけを深くする。

「んっ……」

　舌を搦め捕られそうになり逃げれば、執拗に追い掛けられ、結局は舌を囚われて、お仕置きとばかりにきつく吸われた。

　我が物顔でユリアスの口腔を支配する彼に対して、図々しいとしか言い様がない。だがそうやって怒りを感じるユリアスであっても、次第に躰が快感に蕩けていくのを否めなかった。

「あっ……」

　キスの合間に唇の端から嬌声が零れてしまう。躰が燃えるように熱かった。熱で頭の芯がぼぉっとしてくる。早く自分のこの熱を冷ましてほしかった。

「ユーリ」

　彼が甘い声で子供の頃の愛称でユリアスの名前を呼ぶ。それだけで躰の奥に快楽の焔が燃え盛った。

「ヴィン……あっ……」

　ユリアスもまた子供の頃から慣れ親しんできた愛称を口にしてしまう。大人になってから、彼を愛称などで呼んだことなどないのに、だ。それゆえに何か特別な、二人だけの秘密の呼び合いのように思え、彼の名前を口にするたびに、ユリアスの胸の奥がジンと痺れるような熱を発する。

熱に任せて彼の唇を自分から求める。するとゆっくりと彼の手が背中に回されたかと思うと、抱きかかえられた。

「え?」

そのままベンチの上に寝かされる。彼の視線が痛い。いや熱いのかもしれない。じりじりと焦げるような熱を伴う痛みがユリアスを襲った。

「な、ヴィンセ……」

目の前には、ユリアスに欲望を隠そうともしないヴィンセントがいる。

「お前を抱くぞ」

唸るように低く告げられた。恐怖がユリアスの背中を駆け上がる。

「恨むなら私を恨め。お前は何も悪くない。お前の発情に付け入る私が悪いんだ。だから、私を恨めばいい。お前は悩むな」

「なっ……」

一瞬、ヴィンセントに対して怒りが込み上げた。だがすぐにそれが自分の早合点だと理解する。彼の、ヴィンセントの表情がとても苦しげに歪んでいるのに気付いたからだ。

思わず彼の頬に手を伸ばし、撫でてしまった。同時に彼がとても傷ついているのがわかってしまう。

本当は彼もこんな強姦まがいなことを望んでいないのかもしれない――――。

すべては発情期のせいなのだ。理性ではどうにもできない劣情。

発情とはこういうものなのかと、知りたくもないのに深く知ってしまう。

「恨めばいいって……君を恨めるはずないじゃないか……大体、一方だけが悪いように言うのは、好きじゃない」

ユリアスの声に彼が俄に瞠目《どうもく》するのが見えた。震える彼にユリアスは言葉を続ける。

「どうして……ヴィンセント、君を恨めだなんて、そんな酷いことを言うんだ」

「……私が本当に酷い男だからだ。私はお前を抱きたくて仕方ないからだ……っ」

押し殺した声で、まるで懺悔《ざんげ》でもするかのように苦しむ彼を、どうしてかとても愛しく思ってしまった。可愛いというのか、自分が何かしてあげたいという気持ちが湧き起こる。

「……どうせ発情期に誰かと肌を重ねるのなら……君のほうがいいのかもしれないな」

だからそんなことを、つい言ってしまった。告げてから少し後悔もしたが、彼の驚くような顔と、そして徐々に喜びを隠せない様子を目にしていたら、ユリアス自身もどうしてか幸せに満ちてきて、後悔もすぐに消えてしまった。

何だかんだと言いながら、ユリアスも子供の頃からの付き合いのヴィンセントには弱いのだ。

「――――だが、このことは秘密だぞ。君はこの国の王太子だ。この国において私の立場が微妙になるから、絶対他の人間に言うなよ」

大国の王太子を小国の王子が誑かしたなどと、アスタルスの国王から咎めを受けたら、気まずいだけでは済まない。故国に顔向けできない事態になるのは火を見るより明らかだった。

ヴィンセントの顔をじっと見つめ、彼の返答を待っていると、渋々といった様子で彼が頷いた。

「……わかった。秘密にしよう。お前の立場は理解できるからな」

「なら、契約成立だ。私たちは特別なパートナーを持つまで、発情期を共に遣り過ごそう」

「ああ、いいだろう。お前に大義名分を与えてやれるなら、それでいい」

「大義名分って……っ……」

その意味を聞こうと思っても、ヴィンセントの巧みな指がスッとユリアスの首筋を撫でてきて、一気に躰が熱を帯びる。嬌声が出そうになり、唇を噛み締めたため、それ以上は聞くことができなかった。

「ユリアス、もう我慢できないだろう？　私は我慢できない。お喋りは後でいいか？」

「な……ここは温室で……っ……外……」

「後でベッドに連れていってやる」

「後で、って……」

まさかこんな温室の中で盛るなんて思ってもいなかった。ユリアスにだって、ひそやかな夢がある。初めてのセックスは愛しい女性とロマンチックな場所で愛を語らい、そしてベッドへと赴く。そんなことを考えたりしていた。

だが、実際はベッドどころか温室で押し倒され、相手も女性ではなく幼馴染みの男だったという、どう考えても真逆なシチュエーションに衝撃を受け、もう笑いさえ出てきそうになる。

「秘密にするんだろ？　こんな温室で……誰かに見られたら、どう……っ……」

温室といっても、外のようなものだ。誰かが来て、見られるかもしれないようなところで、ヴィンセントとどうにかなるなんて考えられない。

ユリアスがあたふたしているうちに、ヴィンセントがユリアスの耳朶を甘噛みしながら囁いてきた。

「大丈夫だ。この温室には誰も入ってこないように命令してある」

「え？」

そんなことをしれっと言うヴィンセントの顔を見つめる。そしてこの一連は、彼が仕組んだものではないかという疑念が浮かんだ。

「……ヴィンセント、もしかして私が発情するのを知っていたって……ことはないよな？」

彼の整った眉の片方が、おや？　という感じに跳ね上がる。そして小さく鼻で笑い、答えてきた。

「お前が発情するかどうかなんて、わかる訳ないだろう？　近くを通ったら甘い匂いが漏れていたから、緊急態勢をとっただけだ」

本当だろうか。確かにいつ発情を迎えるかは、予想がつかないものだ。ヴィンセントが把握できるとは思えない。

ユリアスは自分の勘違いだと判断し、その胸に疑念をしまい込んだ。

「君が……あまりにも用意周到だから……っ、何か企んで……いるのかと……思っただけだ」

「企むって……信用がないな」

ユリアスの首筋を撫でていたヴィンセントの指がゆっくりと胸元へと滑り、シャツのボタンを外していく。同時にそれまで甘噛みされていた耳朶を口に含まれ、しゃぶられた。

「っ……君とどれだけ一緒にいたと思うんだ。君が……策略に長けていることは知っているから、疑う癖がついているん……だよ……っ……」

「フン、縁も長いと色々とごまかせないことも多くなるな」

「っ……ごま、かす……？」

「いや、それだけお互いをわかっているということだ。喜ばしいな」

そう言いながらヴィンセントの唇が、耳朶から首筋を伝い、ボタンが外されて露《あら》わになったユリアスの鎖骨へと移る。更にシャツのボタンを外し終わったヴィンセントの指はそのままユリアスのキュロットへと移り、脱がせ始めた。あまりの手慣れた様子に、ヴィンセントの恋愛遍歴が透けて見えるようだ。

とうとうユリアスのシャツの前はすべてはだけられ、キュロットに至っては、片足に辛うじて引っ掛かっている程度になってしまう。

「な……ヴィンセント、ちょっと……っ……こんなところ、誰かに見られたら……せめて上着か何か……寄越せ……ぅ……」

彼の上着に手を伸ばすが、その手を捕らえられた。

「私がお前のこんな姿を誰かに見せるなんてミスを犯すと思うか？　邪魔されることも、見られることもないから安心しろ」

「安心って……あぁっ……」

いきなりヴィンセントが胸元に顔を近づけたかと思うと、ユリアスの乳首をきつく吸い上げた。普段ならそんなところでは何も感じないはずなのに、発情期のせいなのか、凄まじい快感が下肢から湧き起こる。

「なっ……何っ」

「感じたか？」

乳頭を口に含みながら、ヴィンセントが囁いた。

「か、感じるって……」

「こうやって私に乳首を吸われて、気持ちがいいと思わないか？」

ヴィンセントはユリアスの様子を確認しながら、舌を淫らに動かし、敏感な乳首の先端を舌の上で転がした。

「そんなこと思う訳な……っ……んっ……」

快感を得ていることを認めたくないのに喉の奥から艶を帯びた声が出てしまう。その様子に気を良くしたのか、ヴィンセントが乳頭を甘噛みしてきた。

「んっ……はっ……あ……ん」

乳首を柔らかく歯で挟まれ、少し痛みを感じるほどきつく引っ張られる。

「やめっ……んっ……あぁ……」

ヴィンセントが指の腹でもう一方の乳頭をくちゅっと押し込んだ。

「あぁぁぁあっ……」

刹那、尾骶骨《びていこつ》から脳天へと一気に鋭い痺れが駆け上がる。それと同時にユリアスの頭から白い仔猫の耳が飛び出た。

「あっ」

「ほぉ、これはまた可愛い耳だな」

ヴィンセントの双眸が細められる。聖獣の欠片《かけら》を見られたことに動揺を隠せずに固まっていると、彼が無遠慮に耳に触れてきた。

「にゃあ！」

自分の声に驚いて、ユリアスは慌てて手で自分の口を塞ぐ。

「随分と可愛い鳴き声が聞こえたな。だが、それは理性を失くすほど気持ちが良かったと、私に教えたのも同然だぞ?」

「う……」

その通りなので口答えできない。

「もう強がりを言うな。今は本能のまま発情を分かち合おう」

何度も何度も指の腹で乳頭を捏ねられた。段々とそこが芯を持ち、ツンと勃ち上がり始める。ヴィンセントの指が触れるたびに、こりこりとした感触が生まれた。

「あっ……」

乳首のすぐ上を、ヴィンセントが音を立ててきつく吸った。そして彼の唇が離れたそこには、まるで花びらのような桜色の痕が残る。

「痕を……残すな……っ……」

「マーキングだ。獅子の習性だから許せ」

「な……そう、なの……か?」

「ここもマーキングしておこう」

そう言って、ヴィンセントの手がユリアスの膝裏を掴み上げる。そのまま大きく両膝を左右に開かされ、秘部を彼に晒すような形で担がれた。

「やっ……」

「こんなところまで白いとは。まるで新雪に足跡を付けてしまうような禁忌《きんき》を犯す心地さえ抱くな」

　彼の唇が内腿に吸い付く。チクリと痛みを感じると、彼の唇が離れた。やはりそこにも桜色の痕が残っていた。だが、その行為に気を奪われていたのがまずかった。何か湿った吐息を感じるや否や、ユリアスの下半身をヴィンセントが躊躇《ためら》いもなく咥えるのを阻止できなかった。

「なっ、ヴィンッ！」

　ヴィンセントはユリアスの声に口端を上げると、ユリアスの下半身を愛撫し出した。

「ふっ……んっ……あぁ……」

　人にそんなところを愛撫されたことなど一度もない、ましてや口でなどあり得なかった。微妙な刺激を与えられ、思わず鼻から息が抜ける。そして今度は白い尻尾が臀部《でんぶ》から現れた。

「ひゃぁ……ん……っ……」

「綺麗な尾だな。しなやかだ」

　ヴィンセントが指先で尻尾を摑むと、そこにキスをする。初心者のユリアスは与えられる快感に陥落してしまうしかなかった。

「あっ……んん……っ……」

　淫らな熱が躰の芯から溢れてくる。躰の奥で眠っていたすべての快感が呼び起こされるような感じがした。全身が喜悦で揺さぶられる。

「や……だ、め……ヴィン……ト……っ」

自分の下半身を咥えているヴィンセントを認めたくなく、目を閉じたくなる衝動に駆られた。

「見ていろ。私に抱かれていることを心に刻んでくれ」

唇からユリアスを外し、強い視線でヴィンセントが見上げてきた。

「っ……」

浅ましい光景なのに目を閉じることができない。彼の行為をただそのまま見つめることしかできなかった。

次第にヴィンセントが挑発し始める。唇をぺろりと舐め上げると、彼の唾液かユリアス自身の体液かわからないもので濡れたユリアスの下半身を、見せつけるように淫らに舐め回した。

「あっ……」

心臓がドクンと爆《は》ぜ、息もできないほどに胸を締め付けられる。だがその苦しさは鋭い快感にすり替わり、ユリアスに更なる愉悦をもたらしてきた。

劣情が大きく膨らむ。

「あっ……あぁ……」

舐めながらヴィンセントの手が優しくユリアスの下半身を扱き出した。

「はあぁあっ……」

熱がある一点へと集まる。とぐろを巻くような熱が、濁流となってユリアスに襲い掛かった。

「もう……だ、めっ……だ……出る、出る……からっ……離せっ……あぁ……」

抗いの声など一切無視される。それどころか、ヴィンセントは口腔内の奥深くにユリアスを取り込むと、舌や歯を使って、益々激しくユリアスを責め立てた。

「はぁぁっ……あぁっ……」

一気に快楽の波が勢いを増す。ヴィンセントが巧みにユリアスを喜悦の淵へと追い落とす。

鈴口にチロチロと舌を差し込まれ、ユリアスは何度も達《い》きそうになるのを堪えた。こんな焦れたような熱など、知らない——。

「ここがいいそうだ」

突然ヴィンセントが告げる。

「え？　あうっ……」

聞き返そうとするも、すぐに双丘の狭間でひっそりと隠れていた蕾にヴィンセントの指が忍び込んできた。

「ここを弄ってやると、感じるそうだ」

「そんなっ……どうしてそんなことを知って……あぁ……」

「私も勉強したからな。お前を大切に抱きたいと思っていたし」

「……抱きたいって……君、やっぱり……」

「フッ……いかなることもきちんと対処するように言われている。王太子だからな」

「王太子だからなって……あぁっ……」

蜜路をくちゅくちゅと軽く掻き混ぜられた。そしてそのまま彼の指がある箇所を擦った瞬間、心臓がキュッと委縮するほどの快感がユリアスを襲ってきた。そんなところを触れられて、気持ちがいいなんて思ってもいなかった。

「そんな……」

何もかも予想外で、ユリアスは未知なる行為に怖くなってくる。だがふわりと漂うコロンの香りはいつものヴィンセントのもので、日常と非日常の狭間にユリアスは翻弄された。

そんなユリアスの感情を慮《おもんぱか》ることもなく、ヴィンセントは更に行為を進める。再びユリアスを口に咥えると、咥えたまま蜜路を指で弄り始めたのだ。

「あぁあっ……」

敏感な場所に彼の歯が当たって射精感が募る。尻を弄られることにより劣情がぶり返してくる感じがした。途方もない甘い愉悦にいたぶられるようだ。

もう、達きたい――――。

だがヴィンセントに咥えられていては吐精などできるはずもなかった。耐えるしかない。

「くっ……」

ユリアスの欲望はヴィンセントの口腔で今にも破裂せんばかりに膨れ上がっているのに、これでもかと、どんどんと追い詰められた。そしてヴィンセントの舌先がユリアスの先端の割れ目をこじ開けた時だった。ズシッと重く爛れた熱が一気に爆発した。

「あっ……はぁぁあっ……」

理性では堪えなければならないと思っているのに、男の本能はその理性さえも凌駕《りょうが》し、すべての熱を外へ、ヴィンセントの口の中へと放出した。

彼は一滴も零さぬようにすべて喉へと流し込んでいく。そのヴィンセントの喉の動きを目にし、ユリアスは羞恥で我に返った。

「やめっ……ヴィンセントッ、吐き出せ……あぁっ……ん……ぁぁ……」

絞り出すようにきつく吸われ、残滓《ざんし》まで舐めとられる。

「やぁぁ……」

弱々しい声で訴えるが、全身から力が抜け落ち、ただ、ヴィンセントにされるがままになるしかなかった。

「濃いな。自慰にあまりしないんだな」

ようやく下肢から顔を上げたヴィンセントが、まったくデリカシーに欠けたことを口にしてきた。

「っ……そういうことを堂々と口にするなんて、信じられないぞ」

「フッ、そうだな。お前は清廉な男だったな」

嬉しそうに言いながら、ユリアスをきつく抱き締めてきた。思わずぎょっとする。何故なら彼の下半身が見たことないほど大きく膨らんでいたからだ。

「な……君、そんな大きなモノを、擦り付けてくるな」

「大きいと褒められて嬉しいが、擦り付けてくるなだなんて、寂しいことを言うな」

少しだけ眉根を寄せて、甘えた顔をして唇にキスをしてきた。そして更にユリアスの中に入れていた指を掻き混ぜる。

「な……もう指を……抜けっ……んっ……」

「まだ終わっていないだろう？」

「え？」

もう射精もして、終わったつもりでいたユリアスは改めて自分を組み敷く男の顔を見上げた。

「もう充分ここも解れてきたから、そろそろ挿れてもいいか」

「挿れ……る？　え？　君は一体、何を考えているんだ？　なっ……ヴィン……あぁっ！」

文句を言おうとするも、ヴィンセントが一層激しくユリアスの中で指を動かしてきて、溢れる快感に言葉が詰まった。そのまま激しく指を左右に動かされ、ユリアスは堪らず喘《あえ》ぎ声を出してしまった。

「ああっ……変……変な感じが……っ……はあ……ふっ……あ……」

「挿れるぞ、ユリアス。少しだけ我慢してくれ。これ以上ないくらい優しく抱く」

「あぁっ……ヴィンッ……はあぁっ……」

切なげな顔でユリアスの躰を好き勝手するヴィンセントに文句が言いたいのに、腰が砕けるような低く甘い声で懇願されると、言わなければならない文句が口から出てこなくなる。

幼馴染みとは厄介だ。普段から気が合い、そして彼の性格を熟知しているからこそ、冷たくできない。逆にそれを叶えてやりたいという感情に駆られる。

グイッと引き寄せられ、彼に淡い茂みに眠る慎ましい蕾を晒す体勢となってしまった。明るい陽差しに照らされた温室なので、秘部がヴィンセントにはしっかり見えているはずだ。

ユリアスはいたたまれず、視線を外して小さな声で彼を制した。

「……あまり見るな」

「くっ……そうやって私を煽るな。理性で精いっぱい抑えているんだ」

ずっしりとした質量のある、彼の充分に硬くなった激情がユリアスの蕾に宛てがわれる。思わずユリアスの喉が鳴った。

ぐっと蕾に押し込まれたかと思うと、そのまま一気に灼熱の楔が隘路に捻《ね》じ込まれた。

「あぁぁあっ……」

猛った楔が、ユリアスの奥へと突き進んでいく。

「あっ……熱い……ああっ……」

異物の侵入を防ごうと肉襞が蠢《うごめ》くが、逆にそれが彼の楔に纏わりつくような形になり、より一層リアルに彼の熱を伝えてくるはめになった。

こんな太く硬いものを挿入され苦しいはずなのに、苦しさに紛れて淫らな喜悦を感じるのも確かだった。焼け付くような痺れは、ユリアスに新たな歓喜をもたらした。

「あぁぁあっ……んっ……ふっ……」

膝が胸に付きそうなくらい、折り曲げられる。それと同時にヴィンセントの硬くて太い楔が何度も抽挿を繰り返し、ぐちょぐちょといういやらしい音が二人の繋がっている部分から零れ落ちた。次第に狂おしい愉悦がユリアスを襲い出した。

「あっ……ふっ……」

目が眩《くら》みそうになるほどの熱に意識をもっていかれそうだ。するとヴィンセントの指がユリアスの頬に触れた。

「ユリアス……全部入ったぞ」

「え……全部……入った……のか？」

あんな大きいものが自分の中に入ったのかと驚愕《きょうがく》する。唖然としていると、ヴィンセントが蒼い双眸を細めた。

「ああ、お前とやっと一つになれた」

蕩けそうな笑顔で告げられ、ユリアスの心臓がおかしな音を立てる。そして甘く淫らな熱に誘惑され、教えられた訳ではないのに、下肢に息づくヴィンセントをきつく締め付けてしまった。

「くっ……はっ、熱烈だな」

「何が熱烈なんだ。くっ……あぁ……ヴィンセント、早く達ってく……はっ……れ……あぁぁ……君、大きすぎ……あぁ……ちょ、ちょっと！　わっ……どうしてまた大きくなるんだっ！　あぁっ……もう！　ヴィンッ……」

「はぁ……堪らないな。お前が大きい、大きいって褒めるから、大きくなるんだろうが」

「開き……直るなぁっ……あぁ……」

ユリアスの中にあったヴィンセントが益々嵩を増す。ぐっと敏感な場所を圧迫され、快感を覚えたばかりのユリアスは、ヴィンセントの動きに翻弄された。

「あああっ……あ……」

溢れんばかりの愉悦に抵抗すらできず身を委ねる。ヴィンセントの抽挿が益々激しさを増し、ユリアスは意識を保つのも苦しくなった。

「ん……はあっ……あぁ……」

自分でもわからないほど深いところを突き上げられたかと思うと、今にも抜け落ちそうなほどの、ぎりぎりのところまで引き抜かれる。反射的に彼を締め付けたところを、待ちかねたかのように狙いすまして、彼が大きく隘路を擦り上げてきた。

「あぁぁぁぁっ……」

刹那、狂おしいほどの喜悦がユリアスに押し寄せてきた。がくがくと揺さぶられる。あまりに激しい抽挿に腰が抜けそうになった。

「あっ……もう……ふっ……あっ……ああっ……だ、め……っ……あぁ……」

躰がふわりと浮いたような感じがした途端、一気に急降下するような感覚が襲ってきた。目の前が一瞬、真っ白になる。

「あぁぁぁぁぁっ……」

ヴィンセントが蜜襞に擦り付けるように己を大きくグラインドさせてきた。あまりの衝撃にユリアスの白い喉が仰《の》け反《ぞ》る。

「あっ……ああっ……や……ふ……ぁぁっ……」

苦しくて苦しくて、意識も朦朧としてくるが、ヴィンセントは容赦なく深く穿ってきた。溶け合い、一つにならんとばかりに、ユリアスの奥を暴いていく。

「あっ……ふ……んっ……」

何度も何度も浮遊感を覚える。そのたびに自分の中にあるヴィンセントをきつく締め付けてしまった。

「くっ……」

男の艶のある呻き声が頭上でする。すぐに躰の最奥に生温かいものが弾けた。ヴィンセントがやっと吐精したのだ。

「あっ……」

何故か、満たされた思いがユリアスの胸に湧き起こった。そのまま発情した躰が鎮まってい

くのを感じながら、四肢から力を抜く。すると、今達ったばかりのヴィンセントがまた激しく動き始めた。

「え⁉ 君、今、達ったばか……りっ……あぁっ……」

「まだまだだ。まだ足りない」

そう言って、ヴィンセントは片時も離れたくないとばかりに、ぴったりと肌が密着するくらいきつく抱き締めたのだった。

＊＊＊

あれから――初めてヴィンセントと肌を合わせてから、三年が経過した。

早くこんな関係を解消しないといけないと思いつつも、ずるずると続けてしまっている。

どうして――？

好きだからだ。少しずつ芽生えてしまった愛情の花は、時間を掛けて思いがけないほど大きく育ってしまった。これを枯らすには、かなりの時間が掛かるだろう。

ヴィンセントはユリアスへの執着を隠そうとはしない。そのためユリアスも陰で色々言われていた。

『ビジャールの客人は、いずれは王太子を誑かす毒となろう』

自分が言われるのはいい。どうせ故国でもみそっかすだったのだ。悪口が一つ増えたところで、誰もユリアスに期待などしていない。

だがヴィンセントは違う。この大国、アスタルス王国の王太子なのだ。背負うべき責任も他者とは比べ物にならないくらい大きい。

ユリアスのせいで彼に汚点をつけたくなかった。

遊びの恋ならいいのだ。お互い割り切って、クールに発情期の処理をすればいいのだから。しかし誰の目から見てもヴィンセントのユリアスへの執着は尋常ではなかった。ユリアス自身も時々怖くなるほどに。

愛してもいい相手なら、逆にその執着は甘い蜜のようにも思えるが、愛してはいけないヴィンセントにそんな態度を取られ、それをそっけなく躱すのに、もう限界を感じつつある。

愛している人の愛をこっぴどく跳ね返すのは、思った以上に心が傷つくのだ。

ちらりと隣で寝るヴィンセントに目を遣る。当たり前のように毎晩ベッドを共にしており、今夜も情事を重ねてしまった。

流されているのも重々承知である。それでもヴィンセントに心惹かれているユリアスには、彼の誘いを断るのも至難の業なのだ。一年中発情期で、いつ発情するかわからない彼を突っぱねて、彼が他の誰かと逢瀬を重ねるかもしれないと思うだけで、心臓がきゅうっと収斂《しゅうれん》する。

せめて自分の知らないところでそうしてもらえればいいのだが、こんなに近くにいれば、彼がどこで何をしてきたのか、きっと気付いてしまう。

遠くに離れたい――。

彼が発情期にどうしているのかわからないくらい遠い場所へ逃げたい。そうしたら心の痛みも癒やされ、いつか会った時には完治しているに違いないと思えた。

ゲラン……。

彼に相談しようか。彼はユリアスと同じ留学生という名の人質で先祖返りだったのにもかかわらず、故国へ帰ることができた。何か理由があったに違いない。それを教えてもらい、ユリアスも彼のようにすれば故国へ帰ることができるかもしれない。

もう二十二歳だ。いつまでもここで微睡《まどろ》んでいてはよくないことも重々わかっていた。このままでは別れが突然やってきた時に、見苦しく動揺し、ヴィンセントを困らせてしまうだろう。

そんなことになったら、ユリアスのなけなしのプライドもズタズタだ。ヴィンセントとは友人として対等でいたいし、普通の友人に戻るときも、スマートに関係を修復したい。

ゲランに相談に乗ってもらおう。彼が久しぶりにこの国に顔を出したのも、何かの縁かもしれない――。

それに――、それにゲランは虎の先祖返りだ。虎は『災厄除け』に『悪運を断ち切る』という力があるとされている。

ヴィンセントとユリアスの関係が悪い方向にしか進まないものならば、ゲランに断ち切ってもらうという方法があった。

本当はもっと早くにそうすればよかったのかもしれないが、もしかしたらヴィンセントと完全に縁が切れるかもしれないと思うと、それを行使する勇気がなかったのだ。

でも――。

もう思い迷っている時間はとうに過ぎているのかもしれない。

ユリアスはもう一度、隣で寝ているヴィンセントの顔を見つめた。凜々しい顔つきは瞼を閉じているせいで、少し幼く見える。しかしそれも知っているヴィンセントの顔だった。

九年の月日をなくしたくない。彼と別れたくない――。

それはわがままなのだろうか。

ユリアスはそっと目を閉じて、胸に沁み込む寂しさに耐えた。

＊＊＊

その昼過ぎ、ユリアスはヴィンセントが公務をしている間に、ゲランの許へ行こうと、出掛ける用意をしていた。だが俄に王城が騒がしくなったのに気が付き、支度をする手を止めた。

何かあった？

ふと気になり、部屋から出て騒ぎが起こっているほうへと向かった。広間では大勢の兵士や使用人が動き回っている。その中心を担架に乗せられた誰かが運ばれているのが目に入った。

え?

俄に自分の目が信じられなかった。担架の上にはヴィンセントが乗せられていたのだ。

「ヴィンセントっ!」

バサッ……。

声を上げた時だった。耳元で大きな翼が羽ばたいたような音が聞こえた。同時に何か大きなものが目の前を横切る。

なに?

一瞬だが気を取られる。しかし、すぐに我に返り、ヴィンセントの後を追おうとすると、どこからかヴィンセントの補佐官であるルシアンが現れ、ユリアスを止めた。

「お待ちください、ユリアス王子」

「ルシアンさん! ヴィンセントはどうしたんです?」

引き留められるのをどうにか抜け出そうとしてもがくが、簡単には行かせてくれない。

「落ち着いてください。王子はご無事です」

「無事って……意識を失っているじゃないですか!」

「はい、ですが命には別条はありません」

ルシアンが思った以上に冷静だったので、ユリアスも少しだけ落ち着いてきた。ルシアンを押し退けようとしていた手を引っ込める。

「命には別条ないのなら、一体、ヴィンセントに何があったんですか？」

ヴィンセントが倒れるには相当な理由があるはずだ。ユリアスは立ち塞がるルシアンの顔を見つめた。

「王子が聖獣を捕らえるための罠を、この王都で発見されたのです」

「罠を王都で？」

ひやりとした。アスタルス王国の王都は治安も良く、犯罪も他国に比べて格段と少ない。そこにそんな罠が仕掛けられていたとは、いろんな意味でも大きな問題だ。

聖獣を仕掛ける罠は、聖獣狩りの輩が使う道具で、特別な呪術が施された鎖があると聞く。それに繋がれると、たとえ聖獣に変化しようとも、逃れられないと聞いていた。

「まさか、ヴィンセントはその罠に……」

「いえ、先ほども言いましたが、倉庫に隠されていたのを発見されたのです。それでその術を無効化するためにご自身の力を使いすぎて、お倒れになったのです」

「無効化する……」

そんなことができる聖獣はほんの一握りしかいない。かなり力の強い聖獣で、思い当たる種族も僅かだ。ヴィンセントは『獅子』の先祖返りであるが、ユリアスが思っている以上に力が強いのかもしれない。

「ゲラン王子がこの国へいらっしゃったのと同時に、厄介な連中も入り込んだようです。ゲラン王子は先祖返りであることを公言なさり、そして聖獣狩りに狙われております。ですが、王都にまでこのような罠が置かれるとは……。兵を増やさねばならないでしょう」

ルシアンの視線がふと床に落ちる。いつも目を見て話す彼にしては珍しい行為だった。

「ルシアンさん？」

そんな彼の動作に何となく不安を覚え、ユリアスは声を掛けた。彼の視線がユリアスに戻る。

「……医者が来たようですので、これで私は失礼いたします」

ルシアンはユリアスにそれ以上は何も言わず、ヴィンセントを運ぶ兵士の後を追っていった。

何だ――――？

ユリアスの胸に嫌な予感が過《よぎ》る。どうしようもなく黒い何かが心に影を落とす。しかし、それを追い払うことも追及することもできなかった。

ヴィンセント……。


そしてその日から、ヴィンセントは昏睡《こんすい》状態に陥ったのである――――。

◆
V
◆

ヴィンセントが意識を失ってから既に二日経った。ユリアスはこの二日間、ほぼ一日中ヴィンセントのベッドの隣に座って過ごしているが、彼が目を覚ますことはなかった。

「ヴィンセント、どこへ行っているんだ。君が帰ってくる場所はここだろう?」

何度も話し掛けるが、彼の瞼が持ち上がることはない。

「ユリアス王子、お茶でもいかがですか?」

ルシアンが飲み物を持って入ってきた。

「貴方様の従者のシャンダ殿も心配されておりましたよ。食事の量が減られたとか」

「あまり動かないから、おなかも減らないんです」

社交辞令程度に笑みを浮かべ、隣に立つルシアンを見上げた。じっと見つめていると彼が苦笑した。

「何か私に尋ねられたいことがありましたか?」

ユリアスは小さく頷いた。

「ええ、ヴィンセントについてですが、彼が昏睡状態に陥っているのに、貴方も含め、あまりアスタルス王国側の人間が騒がないことに違和感を覚えます。どうしてですか？」

ルシアンをじっと見つめるが、彼はポーカーフェイスを崩すことなく答えてくる。

「騒いでいないように見えますか？」

「ええ、大国の王太子が昏睡状態なのです。例えば、アスタルス王国の両陛下ももっとご心配されるはずなのでは？」

王妃は一日二回ほど見舞いに来るが、国王に至っては初日に顔を出しただけだった。いくら公務が忙しいからといって、昏睡状態の王太子に対する態度ではない。

それにルシアンを含め、多くの使用人も同様だ。皆、今の状態を普通に受け入れすぎだ。まるでヴィンセントの昏睡状態が予想していた事態のようにも思えてくる。

「ユリアス王子のご意見はもっともです」

「もしかして、ヴィンセントが倒れるのはこれが初めてではないということですか？」

ルシアンがその返答を言い淀んだ。それだけで答えがわかる。

「……まさか……ヴィンセントは、何か病気を？」

そう口にした途端、ユリアスの心臓がドクッと大きな音を立てたのがわかった。自分にとってどれだけヴィンセントのことが大切なのか思い知らされるようだ。

「お願いです、教えてください。一切他言は致しません。こんな状況では生殺しです！」

ルシアンの上着の裾を軽く摑むと、彼が困ったような笑顔を浮かべた。

「……王子は昔、ある事件に巻き込まれ、それからずっと本来の状態ではいらっしゃらないのです」

九年も一緒にいて、初めて聞いた話だった。

「本来の状態ではないって……命にかかわることなんですか？」

ひやりとした。彼の躰が弱いという話など、彼自身から聞いたこともなかったので、今まで知らず知らずに無理をさせた時があったのではないかと心配になったからだ。だが、
あ――そういえば。

ユリアスは初めてヴィンセントに会った、子供の頃のことを思い出した。

ヴィンセントが剣の試合で優勝した時、とても体調が悪く、倒れそうだった。よくもあの状態で優勝したものだと、当時殊更感心したのを覚えている。しかしあれから具合が悪い様子を見せたことがなかったので、すっかりその件をユリアスは忘れていた。

――もしかして、あの時からずっと病気なのか？

ヴィンセントはとても力の強い先祖返りだ。それは子供の頃からずっと一緒にいたことで、ユリアスも充分にわかっていた。だがその力さえも、まだ思う存分発揮していないとしたら、彼はとんでもない力を秘めた先祖返りということになる。この昏睡の発端となった罠の無効化ができたのも納得できた。

「ヴィンセントが昏睡状態であることと、本来の状態でないことには、何か関係があるのですか？」

「あまり詳しくは申し上げられませんが、今回いきなり王子が眠りに就いてしまったのは、躰が元の状態に急速に戻ろうとしているため、躰のあらゆる機能が低下し、休眠しているのです。ですから必要以上にご心配なさりませんよう」

「元の状態に戻る？　どういうことですか？」

「詳しいことは、また王子が目をお覚ましになってから、直接お聞きになってくださいませ。これ以上はわたくしの口からは申せません」

ルシアンはそう言いながら、ユリアスの隣に小さなテーブルを用意し、その上にティーセットを置いた。

「今度はわたくしから、失礼ながら一つお聞きしたいことがあります」

「何でしょうか？」

ユリアスは再び顔を上げた。神妙な顔つきのルシアンと視線が合う。一瞬、彼の瞳が怖くなった。何かを見透かされているような、そんな感じがしたのだ。ユリアスは怯えを一切仮面の下に隠し対峙した。すると彼が口を開く。

「――王子と何かありましたでしょうか？」

「え？」

ドキッとした。

「本来なら王子がこのような状況で倒れることはないのです。何かきっかけがなければ、王子が昏睡状態に陥ってまで急激に本来の状態に戻ろうとすることはなかったはずです」

「それはどういう……」

「あの日、王子は朝から何か思い煩《わずら》うことがあるように見受けられました。王子がそんな風に心を揺らすのは、貴方様、ユリアス王子のことだけです」

「え……」

あの日――。その前日にゲランが聖獣狩りに襲われた日のことだ。

「差し出がましいかとは思いますが、お二方の間で何があったのか教えていただいていいでしょうか？」

「何があったって……」

その前日、ユリアスがゲランを救うため危険な行為をしたことで、ヴィンセントと帰りの馬車の中で少し言い争いをした。

「別にこれといって……。ルシアンさんもご存じの通り、私がゲランを助けるのに、少し危険を冒したくらいで……」

そう言いながらも、ユリアスは一つのことに思い当たっていた。

ヴィンセント――。

あの日、ユリアスが意図的にヴィンセントを突き放し、その想いに気付かない振りをしたことにヴィンセントは傷ついていたのだろう。

だから私のことなんかで、気を煩わせるなとあれほど言ったのに――。

「危険を冒したくらい……ですか。ユリアス王子にとって、大したことがなくても、王子にとってはそうではなかったのかもしれませんね」

「ルシアンさん……」

ルシアンの意味ありげな言葉に、言い訳をしようとしたが、ルシアンはユリアスに説明を求める訳でなく、すぐにまったく違うことを口にした。

「テテのことはご存じですよね」

「ええ、私もよく一緒にいますから……。それが何か？」

虹色の羽根を持つ小鳥、ファンダールで、ヴィンセントが可愛いがり、そしてユリアスにも懐いている小鳥の名前だ。

「貴方様に初めてお会いした時、優勝の記念としてヴィンセント王子は貴方様からファンダールをいただきました」

覚えている。ユリアスの目の前に突然現れた銀色の髪の少年がヴィンセントだった。

「王子は大層可愛がり、余程のことがない限り世話を使用人に任せることなく、ご自分から餌を与えたりし、それはそれは大切に飼われております。これがどういう意味だかわかりますか？」

「テテが可愛いからではないのですか？」

ユリアスはルシアンの顔を見つめた。

「確かにそれもあります。ですがきっかけは、ユリアス王子、貴方様からいただいたものだからです。貴方様から初めていただいたものだからこそ、王子は特別に扱い、ずっと大切にされているのです」

「っ……」

ヴィンセントがユリアスに執着してくれていることは、普段からも気付いている。こちらに伝わるほど強く愛してくれていた。

今までそれは発情期に入っているゆえの、一時的な感情だと思っていたが、そんな出会った時からユリアスのことを特別に思っていてくれたとに知らなかった。

莫迦だな、ヴィンセント……。こんなみそっかすな私に引っ掛かるなんて……。

祖国でも持て余され居場所がないというのに、そんな人間を、しかも男を大切に思っている彼に怒りさえ覚える。だが同時にとても満たされた感情も湧き起こってきた。

私でも損得の掛け値なしで必要としてくれる人がいた……。

そしてその人物がヴィンセントであることの嬉しさ……。

もう充分だと思った。これ以上望んではいけない。彼を正しい道に導くべきだ。

ユリアスはルシアンからベッドの上で死んだように眠るヴィンセントの顔へ視線を移したのだった。

＊＊＊

昼前にゲランが部屋へ顔を出した。ヴィンセントが倒れてから、毎日様子を見に来てくれている。

「ヴィンセントは、少しは快方に向かっているのか？」

ユリアスがゲランをエントランスまで見送ろうと部屋から出ると、ゲランが心配そうに尋ねてきた。

「まだ眠りから覚めないが、侍医の説明によると、目覚めるのを待つしかないようだ」

誰もいない回廊を二人で肩を並べながら歩く。

「そうか……まあ、命に別状はないのだから、取り敢えずは一安心というところか」

ゲランが心から安堵した表情を見せる。自分がこの国に来れば、聖獣狩りの一味もついてくるだろうことは、前々からヴィンセントもゲランも承知だったらしい。

だがヴィンセントが意識を失ったのは予想外で、責任を感じているようだった。

「力を養生しているとのことだ。なあ、ゲランはヴィンセントがずっと具合が悪かったのを

知っているか？」

もしかして自分だけ気付いていなかったのかと思い、ゲランに聞いてみた。しかし彼も知らなかったようで驚いた顔をする。

「具合が悪い？　あいつが？　いや気が付かなかったな。そうなのか？」

「ああ、今、本来の状態に戻るために休眠していると説明を受けたんだ」

「本来の状態？　どういうことだ？」

「詳しくはわからない。だが、何か病気であることは確かだ」

「病気、か……」

ゲランが神妙な顔つきで呟いた。しかしどこか納得していない様子でもある。そんな彼の様子を見ながら、ユリアスはタイミングを計っていた。周囲にはちょうど誰もいない。例のことを頼むには今がチャンスだ。

ユリアスは大きく息を吐くと、立ち止まってゲランの背中に声を掛けた。

「ゲラン、一つ頼みがあるんだが……」

「頼み？」

振り返った彼の顔をじっと見つめる。決意に変わりないことを心で確認しながら、ユリアスは口を開いた。

「私とヴィンセントの縁を切ってほしいんだ」

彼の眉がぴくりと動く。

「――それは俺がお前に求婚したことを踏まえてか？」

「あ……」

ヴィンセントが倒れたことですっかり失念していたが、ゲランから、つがいにならないかと求婚されていたのを思い出す。

「ごめん。そこまで考えてなかった……」

ゲランは双眸を細めると、小さく鼻を鳴らした。

「まあいい。お前とヴィンセントが別れるなら、俺にも分があるからな。ただ、俺ができるのは悪いものを切ることだ。お前とヴィンセントの縁は悪いものじゃないだろう？」

ゲランの言葉に胸がキュッと竦んだような感じがしたが、拳をきつく握って耐える。

そう、悪いものなのだ。自分たちを結ぶ縁は、いずれヴィンセントの未来を潰し、誰かを悲しませる――。

「……ヴィンセントと私の関係が、悪い方向にしか進まないものなら、切っておくべきだと思ったからだ。今更だけど、もうこれ以上今の関係を終わらせるのを先延ばししても、修復が困難になるだけだしな」

修復――。口にはしたが、本当はもうできるとは思っていない。ヴィンセントが誰を娶《めと》ろうが、きっとユリアスの心は乱れるし、離れて過ごしても、彼の噂を耳にしては胸を痛めるだろうことはわかっている。

「ユリアス、お前は本当にヴィンセントとの関係を悪い縁だと思っているんだな？」

「ああ、今彼が昏睡状態に陥っているのも、私が少なからず関係しているようだ」

ユリアスの存在がヴィンセントの心を引っ張り、迷いを生じさせるのだ。

ゲランを強い意志で見上げていると、彼が降参したかのように小さく溜息をついた。

「……わかった。取り敢えずユリアスはしばらく俺と一緒に行動しよう。そうすればお前を取り巻く悪運は切れるだろう」

「この間の孤児院へ行ったときみたいに、君の悪運切りの駒に使われそうだがな」

「ま、それはあり得るかもしれないな。この力は俺の意志とは別に動くものでもあるからな。だが、それしかない」

「……わかった。そうしたらヴィンセントが眠っている間だけという限定でいいか？」

「ふうん……。やはりヴィンセントに知られたくないか」

にやりと笑って揶揄われる。

「別にそういう訳じゃないが、ヴィンセントに色々勘繰られても面倒だと思ったからだ」

つい向きになって答えてしまうと、ゲランがにやにやと笑った。

「確かにあいつは俺を敵視しているからな。お前が俺と一緒に出掛けたって耳に入ったら、悪魔のように地の果てまで追ってきそうだ。怖い、怖い」

「地の果てって……君の中でヴィンセントはどういうイメージなんだ。そういう冗談はさておいて、ヴィンセントが目覚めるまでに、効果は現れるか？」

「どれくらい奴が寝ているかわからないが、今までの経験上、大体、一週間くらいは一緒にいないと俺の力の恩恵は受けられないと思う」

「一週間か……」

思ったより短いが、ヴィンセントが一週間も目が覚めないかもしれないと思うと、今度はそれがとても長く感じられ、胸が潰れそうになった。

「ユリアス？」

「あ？　ああ、そうだな。期間はやはりヴィンセント次第だな」

「まあ、俺としては一週間もお前と一緒にいられるなら、お前を口説くチャンスも多くなる。願ったり叶ったりだな」

冗談交じりでそんなことを言ってくるゲランを冷ややかに睨んでやる。

「すぐにそういうことを言う。最初に言っておくが、君とつがいになる可能性はゼロだ。私は当分結婚するつもりはないからな」

「気が変わるかもしれないだろう？」

「変わらないよ」

簡単にヴィンセントを忘れることはできないと自分でもわかっている。それにヴィンセントもユリアスがゲランとつがいになると聞いたら、今まで以上にユリアスに執着するかもしれない。ヴィンセントを刺激することはできるだけ避けたかった。

それに――――、彼が本当の恋を知って、その相手と結婚しない限り、ユリアスの心も整理できない気がする。

ユリアスにとってヴィンセントは幼馴染みであり親友であり、恋心を初めて意識した相手だ。容易に忘れられる訳がない。

願わくは、二人の間の悪い縁だけは切れて、ヴィンセントが目を覚ました時、ユリアスを恋愛対象ではなく友人として受け入れてくれることを願うだけだ。

都合がいいかもしれないが、それがユリアスのただ一つの願いだ。

「ま、難攻不落のお姫様を落とすのは、騎士として腕の見せどころだからな。ヴィンセントが目覚めるまで果敢にアタックするさ」

ゲランが似合わないウインクをしてくるのを、目を眇めて対処する。

「私はお姫様じゃないし、君も騎士じゃないだろう？　それにあまりくどい男は好きじゃないからな。どちらかというと私の中の、君の株が落ちる可能性が高いぞ」

「そこは俺の手腕を見せてやる。いつからにする？　俺は今日からでも構わないぞ」

「今日からって……。留学生である私が外泊するのは禁じられているから、君がこちらに泊まることになるけど、いいのか？」

「ああ、構わない。ヴィンセントがいたら、猛反対するだろうけどな。意識を失っている奴が悪いってことで、問題ない」

「はぁ……。いちいちヴィンセントの名前を出すな。そんなに彼が私に執着していたことを、君は気付いていたのか？」

「当たり前だ。お前が発情期に入る前に俺を祖国に帰して、あれだけお前を独り占めして、誰にも渡さないように牽制していたんだぞ。気付かないほうが鈍感すぎるだろう？　まさか、お前、誰にも気付かれていないと思っていたのか？」

「そういう訳ではないが……」

やはり皆気付いていたからこそ、色々言われていたのだと改めて思い知る。ユリアスなりに気付かれないようにと、普段から言動に注意していたが、無駄だったということだ。

「それはそうと、ユリアス、お前、昼は食べたか？」

ユリアスが言葉を詰まらせていると、ゲランが気を遣ったのか、突然話題を変えてきた。こういうさりげない気遣いが、ゲランの憎めないところの一つでもある。

「あ、いや、まだだ」

素直に答えると、ゲランが腹に一物あるような笑みを零した。経験上、ユリアスは思わず身構える。

「……何だ？」

「伯母がユリアスを連れてこいって煩《うるさ》いんだ。お前、社交界では『鉄壁の花』って呼ばれているんだって？」

社交界で、裏でそう言われているのは知っている。白猫ゆえに情事や大人の遊びに付き合わないからだ。

「伯母がお前のファンで、いつでもいいから連れてこいって命令されている」

「命令って……」

「伯母は怒らせると怖いんだ。俺を助けると思って、今日、昼をハイデルデ伯爵家で一緒に食べないか？」

「急だろう？　ハイデルデ伯爵夫人にご迷惑だぞ」

「大丈夫だ。お前が行くなら今から先に早馬で知らせる。食事は俺がいるのもあっていつも豪勢なんだ。あとは伯母がお前に会うために念入りに化粧をする時間だけ確保できれば、問題ない」

「念入りに化粧って……」

つい笑ってしまう。ハイデルデ伯爵夫人の顔を思い浮かべてしまった。

「王都の郊外だから少し遠いが、今夜から俺もこの城に泊まるから、帰りも一緒に戻ってこられる」

「そうだな。護衛を連れていかなければならないが、それでもいいなら、招待を受けようかな」

「仕方ない。お前と俺の護衛でかなりの人数になるが、お前が留学中ではどうにもできないしな」

ユリアスだけでなく、留学生は外出する時は必ず護衛をつけなければならない。その名の通り護衛でもあるが、人質である留学生が祖国に無断で帰らないように見張るためでもある。だからゲラン側だけの護衛では、外出は認められないのだ。

「そうと決まったら、すぐにでも伯母上に早馬を走らせよう。お前が来ると聞いたら、きっと卒倒するぞ」

「大袈裟だな」

二人は軽口を叩きながら、エントランスへと向かった。

＊＊＊

二人の護衛合わせて十名ほどを引き連れて、ユリアスはゲランと王都郊外にあるハイデルデ伯爵家へ馬車で向かった。そろそろ王都の外れに差し掛かった頃だった。隣に座っていたゲランが何かに気付き、目つきが鋭くなった。

「……おかしいな」

ユリアスもゲランの言葉に頷いた。

「ああ、いくら王都の中心から離れているといって、こんなに人通りがないのはおかしい」

昼間だというのに、街道に誰一人出ていなかった。まるで全員が何かを恐れて家の中に隠れているようだ。

何を恐れている――――？

ユリアスの心臓が急に音を大きくする。

「嫌な予感がする。戻ったほうがよさそうだ」

ゲランがそう口にした時だった。ユリアスは馬車の窓の向こう側で何かが閃《ひらめ》くのを目にした。

「危ない！　ゲラン、伏せろっ！」

ユリアスはその閃いたものが何かわからなかったが、咄嗟の判断でゲランに覆いかぶさり、馬車の床に伏せた。

ドスッ！

同時に馬車に何か当たった音がした。ユリアスはすぐに周囲を確認して、窓から顔を出して、音がしたほうを確認した。

馬車に弓矢が一本突き刺さっていた。更に前方から複数の馬のいななきが響く。

「敵襲っ！」

刹那、護衛の兵士の鋭い声が聞こえると同時に、蹄《ひづめ》の音が急に荒々しくなった。兵士らが戦闘態勢をとったのだ。

「そんな……」

大陸の雄、アスタルス王国で、この状態はあり得ない。信じられない光景にユリアスは言葉を失った。

「ユリアス！　頭を引っ込めろ！」

ゲランに言われ、ユリアスは我に返り、すぐに窓から頭を引っ込めた。

「一体、敵は何だ？」

「山賊か……いや、敢えてこの馬車を狙っていた感じから聖獣狩りの奴らか」

どうやら前回と同様、ゲランを狙った一味の仕業らしい。街の人の気配がしなかったのは、皆、自分の身を守るため、家に籠もっていたのだろう。

「王子！　ここは我々が食い止めます！　一度、王城へお戻りくださいっ！」

ゲランの護衛の一人が馬車と馬を並走させて、声を掛けてきた。

「わかった。頼むぞ」

ゲランの声がしたと同時に、馬車が方向変換をした。その間も大勢の怒号と剣戟《けんげき》の音が響いている。馬車の窓からちらりと外が見えた。兵士らが黒ずくめの男たちと戦っているのが目に入る。

「ゲラン、剣は持っているな」

突然の敵襲に動揺は隠せないが、ユリアスは冷静に周囲の様子を窺った。

「ああ、お前も持っているな」

「持っている。君の護衛たちの腕は？」

「聖獣狩りの奴らを捕まえるために結成している部隊だ。腕はすこぶるいいから安心しろ」

「頼もしいな。取り敢えず、王都の中心に向かえば、アスタルス王国精鋭揃いの近衛隊の耳にも騒動が入り、加勢してくれるだろう。そうなれば奴らを一人残らず捕らえるチャンスだ」

そう告げると、ゲランが俄に瞠目する。そしてにやりと笑った。

「ほぉ……お前、自分が襲われているのに、そんなことを考えるほど余裕があるのか？」

「余裕なんてないが、チャンスは逃したくはないからな。奴らが君を捕まえようとする貪欲さを利用しない手はないだろう？」

こちらも人の悪い笑みを浮かべてやると、ゲランは肩を竦めた。

「これはヴィンセントも苦戦するはずだ。お前を手に入れるには、なかなか骨が折れそうだな」

「まだそんなことを言っているのか……くっ！」

馬車の車輪が石に乗り上げたのか、大きく跳ねる。ユリアスはヴィンセントと二人、馬車の壁にしたたかに躰を打った。

ユリアスはすぐに体勢を整え、馬車の窓へ這う。護衛らと追手が馬に乗りながら、剣を交えているのが見えた。

先ほどの護衛たちでは聖獣狩り一味の全員を足止めすることができなかったようだ。まだかなりの数の敵がユリアスたちの馬車を追ってくる。

「ゲラン、このままでは囲まれる」

「何だって？　聞こえない！」

車輪が激しく回る音が煩いため、会話もままならなかった。

「くっ……もっと馬車のスピードを上げないと！」

馬車の駆者《ぎょしゃ》と繋がる小窓から声を掛けるが、駆者も繰り出される剣を躱しながら手綱を握っているので、これが精いっぱいであることが、見てすぐにわかる。

ビシュッ、ビシュッ！

風を切る音が聞こえた。弓矢がこちらに何本も飛んできているようだ。

もう馬車を守る護衛は一人もいなかった。皆、後方で敵を食い止めようと戦っている。しかし右後方から多数の馬の蹄の音が追い上げてきた。

ドッという轟音《ごうおん》と共に、馬車を数人の黒ずくめの男たちに囲まれる。

「しまった！」

男たちは馬車に幅寄せし、停めようとしてきた。男の一人が馬車に乗り移ろうとし、駆者と揉み合いになる。だがその抵抗も空しく、駆者は馬車から蹴り落とされた。蹴り落したほうの男が手綱を取り、馬車を操った。すぐに馬車の速度が落ちる。

「っ！」

ゲランが剣を鞘《さや》から抜いた。ユリアスもそれに倣《なら》い剣を構える。やがて馬車が停まり、ドアの外に男たちが現れた。

「くそっ！」

男たちを見てゲランは剣を鞘に戻し、ユリアスを振り返る。

「ユリアス、俺に乗れ！　間違ってもお前は白猫にはなるなよ。話がややこしくなるからなっ！」

ゲランがそう言うや否や、むくむくと大きな虎へと変化した。ユリアスはゲランの言う通り、人間のまま彼にしがみついて、馬車から飛び出した。

「うわぁっ！」

いきなりドアから飛び出した虎に、聖獣狩り一味も驚いたようで、地面に尻餅をつく者もいた。ゲランは隙をついて、馬車から離れるように疾走した。だが、

「ウォ……ッ……」

彼の前肢に鎖が巻き付く。途端、ゲランが苦しそうにもがいた。

「ウォォォ……」

ゲランが咆哮《ほうこう》を上げると、その場で倒れ、走るどころか歩けなくなる。

「ゲラン！」

突然倒れたゲランの背中を揺すると、ユリアスの背後から男の声がした。

「聖獣狩りに使う罠だ。その鎖には呪術が施してある。そうそう簡単に逃げ出せないぜ」

ユリアスは声のするほうへ振り向く。そこには黒い衣装に身を包んだ男たちがいた。ユリアスに話し掛けてきたのは、そのうちの一人でボスのような男だった。

「十年ぶりだな、ユリアス王子」

まるで一度会ったことがあるような口ぶりにユリアスの眉間に皺が寄った。

「ほぉ、俺を覚えていないのか？　白猫さんよ」

一瞬にして鳥肌が立った。ユリアスの躰の内側がざわざわと蠢く。この嫌な感じにはどこか覚えがあった。

「やっとあんたを捕まえることができるぜ」

その言葉でこの男たちが狙っていたのは、もしかしたら最初からユリアスだったかもしれないことに気付く。

「どうして俺が、あんたが白猫だと知っているのかっていう顔をしているな」

ユリアスは男の言葉には反応せず、じっと睨みつけた。男にまったく覚えがないというのに、この違和感は何なのか。

「十年前、あんたを捕まえようとして失敗してからずっと狙っていたんだよ。それがこの国の王子があんたを軟禁状態にしちまったから、なかなか機会を得ることができなかった」

私を捕まえようとして失敗――？

彼がゆっくりとユリアスとゲランに近づいてくる。

「もうあの時の竜はあんたを助けてはくれないようだな」

「あの時の竜――？」

「ここ十年、俺たちはずっとあんたを見張っていたが、竜はあれから一度も姿を現さなかった。そうじゃないか？」

何を言っているかわからない。けれど、『あの時の竜』といえば、子供の頃に一度だけ見た、一瞬で消えてしまった竜のことだろうと推測できた。だがあの場には竜とユリアスしかいなかったはずだ。どうしてこの男たちはその竜のことを知っているのか――。

「こういうことわざがあるのは知っているだろう？　『甲斐なき白猫は竜を従え、夜を明かす』というやつだ。要するに、あんたは竜に見放された、いらない白猫ということだ」

竜に見放された、いらない白猫――。

ユリアスのコンプレックスが僅かに疼く。今、そんなことに心を煩わせている場合ではないのに、だ。

「見放された白猫は俺たちに捕まり、可愛がられるしかないのさ」

ユリアスの不安を見透かしたかのような言葉に既視感を抱く。

どこかで……同じことを言われた気がする——。

確か十年前。故国、ビジャールの王城の裏手に広がる森の奥にある泉で、誰かがユリアスにそう言ったのだ。

＊＊＊

ユリアスが十二歳の時、父王の誕生日を祝う祭典が催された。近隣諸国から大勢の賓客が祝いに訪れ、ユリアスの好奇心は大いに擽られた。

「すごい……」

更に身分関係なく強者を揃えて、御前で剣の試合も行われる。そのため城の中庭は、見たこともない屈強な男たちで埋め尽くされていた。

ユリアスは中庭を見下ろせる窓から、大勢の人間が動く様子を興味深く見つめていた。

その時だった。

「え？」

空に煌《きら》めくものが走った。

何だろう……。

城の前方から後方へと何かがサッと目にも止まらぬ速さで縦断したのだ。後方には大きな森が広がっている。そこには綺麗な泉があって、よく渡り鳥たちが立ち寄っていた。

大きな鳥が来たのかもしれない……。

ユリアスは今から始まる試合にも興味はあったが、大きな鳥にはもっと興味があった。

試合開始は午後からだし、急いで泉まで行ってこよう――。

ユリアスは従者の目を盗んで、王城から抜け出したのだった。


木々が茂る森を駆け抜ける。城の裏側にあるこの森は、ユリアスにとって庭のようなものだ。

迷わずに泉まで一直線に走った。

「大きな鳥がまだいるといいな……」

そして泉の近くまで行くと、翼を休めている鳥を驚かさないために、そこからは足音を立てないようにそっと歩いた。

一歩一歩、気を付けて歩く。すぐに森が開け、神秘的な色に染まる泉が現れた。

「っ……」

刹那、ユリアスは息を呑んだ。そこには大きな翼を広げた竜がいたのだ。

銀色の竜は神々しいほどに輝き、泉の畔でそっと佇んでいた。

綺麗……。

見惚《みほ》れる。泉はいつもより凛とした空気を放ち、人間が近寄ってはならない聖域のような感じがした。

泉をしばらく見つめていると、竜は水浴びをする訳でもなく、そのまま森の奥へと消えていってしまった。

ユリアスは知らず知らずに止めていた息を、やっと吐いた。

凄い……本物の竜、初めて見た……。

頬が紅潮する。竜を追ってもっと森の奥へ行こうか迷った時だった。

「うっ……」

いきなりユリアスの口が後ろから伸びた大きな手に塞がれた。

「捕まえたぞ。白猫だ。玉鏡に白猫が映っているから間違いない」

誰？　玉鏡って何――――？

そう疑問に思っている間に、一緒にいた他の男に両手首を括《くく》られてしまった。

「ビジャールの王に白猫の先祖返りが生まれたという噂は本当だったな」

ユリアスの口を塞いだ男が、数人いる男たちの一人に話し掛ける。

「これは見目もいい。高く売れるな」

別の男がユリアスの顎をぐいっと上へと持ち上げた。

「金髪に紫の瞳は一番人気だ」

「ああ、しかも禁断の王子様ときたもんだ。金持ちの変態どもがこぞって何倍もの金を出すぞ」

高く売れる？　何倍もの金を出す？

その言葉から彼らが何者であるのか、ユリアスはすぐさま理解した。

聖獣狩り――――！

父や母から充分に注意するように、普段から言い聞かせられているが、まさかこんな城のすぐ裏に彼らが入り込んでいるとは思いも寄らなかった。

「んんんっ……」

塞がれた口では声を出すことはできなかったが、精いっぱい躰を動かした。しかし、すぐにもう一人の男に押さえ込まれる。

「この白猫以外、誰もいないな」

「ああ、この白猫が一人で城から出てきたのは見ている。貴重な白猫なのに、護衛もつけないとは、この国の奴らはこいつがいらないのか？」

いらない――――？

ユリアスの胸がドキンと大きく鳴った。姉も孔雀の先祖返りで、自分は確かにみそっかすだけれど、いらないとは言われたことはない。だが、本当はいらない子だったのかもしれないという小さな不安が生まれる。

「見放された白猫は俺たちに捕まり、可愛がられるしかないのさ」

やっ――――！

「早くずらかるぞ」

男の一人がせっつくと、もう一人の男は鏡を見ながら、片眉を跳ね上げた。

「いや、ちょっと待て。何か鏡に映ったぞ。大きいもんだ」

「大きいもん？　何だ？　他に先祖返りがいるのか？」

その言葉にユリアスはハッとした。

竜――――！

竜がこちらに戻ってきたのかもしれない。

駄目だ、こっちに来ちゃ……っ。

ユリアスは自分の口を塞いでいた男が油断した隙に、その指を噛んだ。

「うわぁっ！」

一瞬男の手が離れる。その隙を突いて、ユリアスは逃げた。

「くそっ、追い掛けろっ！」

竜が彼らに見つからないように、竜がいないほうへ逃げないとならない。ユリアスは竜が消えた森とは反対方向へと勢いよく走った。

「待てっ！」

「捕まえろっ！」

大勢の男たちがユリアスの後を追ってくる。森は地面がでこぼこしており、足元も掬われやすいが、普段から慣れているユリアスにとっては、逆に男たちよりも分が良かった。ただ両手を縛られているので、それがユリアスの走るスピードを落とす原因になっていた。

はぁはぁ……、城のほうへ逃げれば、誰かが見つけてくれるかも……。

だが、大人の足と子供の足では、当然大人のほうが速い。すぐにユリアスの真後ろまで、男たちが迫ってきた。

「このガキッ、待ちやがれっ！」

男がユリアスの縛られている手を摑もうとする。それをすんでのところで躱し、木々の間をすり抜けた。しかし男の一人が先回りをしていたのか、突然木の後ろから現れて、ユリアスを抱きとめた。

「あっ！」

「この、てこずらせやがって！」

男の手が上がった時だった。

グゥォォォォオオッ……。

聞いたこともない獣のような咆哮が森に響き渡る。途端、風もないのに木々が大きくざわめいた。男たちが辺りを見回す。ユリアスにはそれが何なのか、わかっていた。

なっ……こっちへ来ちゃ駄目なのに――――！

ユリアスは竜がこちらに来ないことを強く願った。絶対こんな男たちに捕まってほしくない。

逃げて――――！

先ほどまで静謐《せいひつ》だった空間に不穏な空気が満ちる。

ザザッ！

木の枝葉が大きなものに擦られるような音がした。男どもの動きが止まる。ユリアスを叩こうとしていた男の手も同様に止まっていた。

「ま……まさか……」

男の震える声が零れ落ちると同時だった。暴風が吹き荒れる。

ゴォォォォォォォォッ！

獣の声と風の音がユリアスの耳を劈《つんざ》いた。

木々の間から銀色の鱗《うろこ》が見えたと思ったら、鋭い鉤爪が目の前を横切る。その時になってやっと男どもが声を上げた。

「りゅ……竜だっ……。竜がいたぞっ！」

「出てきちゃ駄目なのにっ……」

ユリアスは姿を現した竜を見上げた。先ほど見た通り、美しい銀色の鱗を持った仔竜だ。

「つ、捕まえろ！　まだ小型だ。どうにかなるぞ！」

「お、おう。そうだな。呪矢を持ってきていたはずだ！　そいつを出せっ！」

男たちがバタバタと動き出す。

「ハッ、『甲斐なき白猫は竜を従え、夜を明かす』ってか。ことわざ通りだぜ。白猫を追っていたら、大物が出てきたな。一生に一度会えるか、会えないか。いや、ほとんど遭遇することがないと言われている最高位の聖獣だ。これはとんでもない値で売れるぞ」

数人の男たちが竜に向かって弓を構える。すると竜が首を大きく振り、その反動で男たちを跳ね飛ばした。

「うわぁっ！」

男たちが吹っ飛ぶ。ある者は木の幹にぶつかり気を失い、またある者は地面に叩き付けられた。

「くそっ……」

ユリアスを捕らえていた男は低く唸ると、ユリアスを突き飛ばした。そして自ら男たちが落とした弓と矢を手にすると、竜に向かって矢を放った。

「駄目っ！」

ユリアスは咄嗟に竜を守るために自分の躰を盾にした。瞬間、熱く鋭いものが自分の胸を貫く。

「あっ……」

カッと胸が熱くなったかと思うと、口から赤い血が噴き出た。

「くそっ！　貴重な白猫に当たりやがった！」

ユリアスの胸に一本の矢が貫通していた。

あ……。

急速に躰から力が抜けていく。立っていることもできず、ユリアスは地面に倒れた。遠くで竜の哮《たけ》る声が聞こえる。それで竜がまだ無事であることを知った。

よかった……。あの子、生きて……る……。

どこかで男たちの悲鳴のようなものが聞こえた気がしたが、意識も朦朧とし、それを確認する気力も消えていた。

死ぬ、のかな……。

不思議と怖くなかった。竜がいることも、自分が死ぬことも現実だと思えないからかもしれない。

耳元で翼が羽ばたく音がした。すぐ傍に竜の気配がする。竜に声を掛けたかったが、もう声も出なかった。だから心の中で念ずる。

もう悪い人間に捕まらないでね……。

視界も薄暗くなってきた。このまま暗い闇へと落ちていく。

「駄目だ」

何か声がした。ほとんど見えない視界に銀色の何かが光った。

銀色の竜……。違う、人間……？

いつの間にかユリアスの傍に美しい銀色の髪をした一人の少年が寄り添っていた。

「私はお前の竜だ――」

ぼ、僕の竜？

少年の顔が近づいてきたと思うと、瀕死のユリアスの唇を塞いだ。だが、ユリアスの意識はそこで落ちた。

＊＊＊

突然、十年前の記憶がユリアスにどっと押し寄せてきた。

そうだ、私は十年前、死に掛けたんだ……。

やっと真実を思い出した。今まで、自分は聖獣狩りに襲われたことを、死の間際を経験したショックだったのか忘れてしまい、竜が一瞬にして消えたという歪んだ記憶になってしまっていた。いや、もしかしたら竜によって記憶を封じ込められていたのかもしれない。

本当は、あの時、銀色の髪の少年にキスをされた途端、何か強いエネルギーのようなものが流れ込んできて、ユリアスは命を繋ぎ止めたのだ。

銀の髪の少年――。

あの竜の人間の姿が、ヴィンセントの子供の頃と重なる。

ヴィンセント――!

え？　どういうことだ？　ヴィンセントが竜？　いや彼は獅子のはずだ。いつも獅子の匂いを纏っていたはずだ――!

混乱する。記憶が蘇《よみがえ》ったのはいいが、何もかも矛盾だらけで訳がわからない。それでも、今、ユリアスを捕らえているこの男の顔は記憶と共にしっかりと思い出した。

「お前はあの時の……」

「ふん、どうやらようやく思い出してくれたようだな」

「お前はあの時、死んだんじゃないのか？」

「あいにくだったな。しぶとくなきゃ、こんな商売やってられんだろう？」

男がじりじりと近づいてくる。

「先日、この虎の先祖返りが乗る馬に術を仕掛けた時に、白猫のお前を見掛けて、心が躍《おど》ったぜ。やっとお前が手に入るとな」

「……お前か、馬に変な術を掛けた男は」

「十年越しだ。やっと手に入れられる。お前の美しさは飛びぬけている。多少のリスクを負っても手に入れる価値があるってもんだ。美しい白猫ちゃん、その虎と一緒に高く売ってやるよ」

　絶体絶命だ。

　援護部隊がやってくる気配はない。罠に囚われたゲランを守るにも限度がある。しかし少しでもあがいて、時間を稼ぎたかった。時間を稼げば、逃げる道も開けるような気がした。それにゲランは悪運を断ち切る『虎』の先祖返りだ。彼の力を信じるしかない。

　ユリアスは腰に佩《は》いた剣を抜いた。

「近づくな。それ以上近づくと、斬る」

　剣には多少覚えがある。ヴィンセントが何かあった時のためにと、ユリアスには特に剣豪で有名な騎士との稽古をさせてくれていた。

　もしかしたら白猫の宿命として、こんな事態を予測していたからかもしれない。

「にぉ、王子の弱腰の剣で、俺とどこまで渡り合えるかな」

『ユリアス、やめろ――』

　ゲランが虎の姿のまま唸る。だがゲランが止めるのを聞かず、ユリアスは剣を構えた。すると目の前の男だけでなく、他の男たちも剣を抜いた。

「な……一対一だろう！　卑怯《ひきょう》だぞ」

　騎士とは一対一で戦いに挑むものだ。この場合、目の前の男とユリアスの戦いになるはずだった。だが男は口端を引き上げ、双眸を細める。

「はっ、卑怯？　卑怯なものか。実戦とはそういうものだ。一対一？　これは実戦だぜ。試合か何かと間違ってもらっちゃ困るぜ」

そう言いながら、男たちは正式な構えもせずに、いきなりユリアスに向かって剣を突き出してきた。

「くっ」

ユリアスはすぐに片手に剣、そしてもう一方の手には鞘を握り、まずは斬り掛かってくる男の鳩尾《みぞおち》を剣の鞘で突く。男の突っ込んでくる勢いもあって、メリッと深く鞘がその鳩尾へと入った。男は呻き声を上げて、その場で倒れ気を失うが、すぐに違う男に切りつけられる。

ユリアスは腰を低くし、刃《やいば》をすり抜けると、そのまま男の顎を剣の柄《つか》の部分で突いた。

「ぐはっ」

骨が砕ける音がしたが、命には別条ないはずだ。男がうずくまるのを目にしながら、頭から剣を振りかざしてきた男の剣を、剣で受け止めてするりと躱す。その反動を生かし、別の男には会心の蹴りを一発お見舞いしてやった。

バタバタとユリアスの前に男たちが倒れる。

「くそっ、この男、女みたいな顔しやがって、生意気なことをっ」

その言葉に、ユリアスの中で何かがピシッと音を立てて切れた。

「ふぅん――女みたい、だって？」

恐ろしいほど冷えきった声が出る。『女みたいな顔』というのは、ユリアスには禁句なのだが、この男がそれを知るはずもなく、天誅《てんちゅう》が下された。

ユリアスが、その男の剣を思いきり振り払うと、剣は勢いよく空へと舞い上がり、そのまま弧を描いて地面に突き刺さった。

「くっ……」

男が怯んだ隙に、ユリアスは素早く間合いを詰め、その剣先を男の喉元に突きつける。

「降参しろ」

ユリアスがそう言ったのと同時に背後から声がした。十年前からユリアスをつけ狙っていた男の声だ。

「降参するのはお前のほうだ、ユリアス王子。こいつがどうなってもいいのか？」

背後を振り返らなくてもゲランが人質にとられたのがわかる。鎖に躰を囚われていては、逃げることも叶わないからだ。

ユリアスは正面の男に隙を見せないために、ゲランに振り返ることなく、背後の男の出方を待った。

「大人しくしろ。そうすればお前たちを痛めつけたりはしない。綺麗な顔のまま売ってやる」

「フン、売ることには違いないんだな」

ここで降参したところで、ユリアスたちにとって何も事態が好転することはない。それならば、やれることは一つ。時間稼ぎしかなかった。味方がここへ駆けつけるまで、どうにか時間を稼げれば勝算に繋がるはずだ。

味方と思った瞬間、思い浮かんだのはヴィンセントの顔だ。

会いたい。別れようと思っていたのに、会いたくて堪らない。

「っ……」

そんなことを思ってしまう自分に嫌気がさす。それと同時にヴィンセントに対して、八つ当たりのような怒りも込み上げてきた。

……ったく、ヴィンセント！　肝心な時に君は眠っているなんて、本当に役立たずだな。それに君の軍隊も動きが遅い！　帰ったら色々見直さないといけないぞ！

心の中で思わずヴィンセントに悪態をついてしまうが、取り敢えず、緊張で逸《はや》る心を宥《なだ》め、低く声を出した。

「――駆け引きをしないか？」

ユリアスは言葉を続ける。言葉の続きは何も考えていない。ともかくでたらめに話を続けるしかなかった。

「駆け引き？」

後ろにいる男が興味を示した様子を確認し、ユリアスは剣を突きつけていた男を引き寄せ、後ろから羽交い絞めにすると、その喉に再び剣を当てた。そして十年前からの因縁の男へと振り返り、正面から向き合う。

「ああ、私を売るのはやめて、お前のものにしないか？　白猫は財を成すぞ。幸運にも恵まれ、お前の商売も繁盛するだろう。他人に売るのをやめないか？」

「ほぉ、俺のものになると言うのか？」

「ああ、どこの誰だかわからない変態を相手にするよりは、お前のほうが骨はありそうだ。十年も私を狙っていたんだろう？　主として認めてやってもいい」

　もちろん嘘だ。彼らが魅力的に思う話をしないと時間稼ぎにならないので、嘘を並べることにしただけだ。

「自画自賛だが、私は先祖返りの中でも綺麗なほうだと思うが？　しかも出自もいい。お前も私を飼ったら箔《はく》が付かないか？」

　紫色の瞳を蠱惑的に細めて男をわざと見つめてやる。男の目が僅かに見開き、ユリアスにそういう意味で興味を持ち始めたのが伝わってくる。しかし男も簡単には動かなかった。

「お宝は独り占めしないのが、俺たちのルールでなぁ」

「そんなルール、お前の裁量でどうにかしろよ」

「お前を取ると、数回分の取り分がなくなりそうだしな」

　焦らしてくる。だが今はその焦らしさえ時間稼ぎになり、ありがたい。

「数回分？　私はお前が一生かかっても稼げないくらいの金を生むが？　数回分と比較しても

らっては困るな」

　自分の容姿を使って人を誑し込むのは好きではないが、意外と上手くいきそうな気がしてきた。このまま男を誑かして彼らのアジトへ行って、隙をついてゲランと逃げる算段も『アリ』かもしれない。もちろん、この男と寝るはめにならないように、そこはまた考えないといけないが、聖獣狩りのアジトの一つを知ることは、この国やヴィンセントにとっても、かなり有益である。

　ヴィンセントの役に立つ――――。

　ユリアスはもう一押しとばかりに妖艶な笑みを浮かべた。

「私は男を悦ばせるのも上手いが？　お前を満足させてやるぞ」

「ほぉ……んっ？」

　男が頷くが早いか、急に空に暗雲が立ち込め、天は分厚い雲に覆われた。

「何だ？」

　刹那、稲光がおどろおどろしい雲を横切ったと思った途端、バリバリという空が割れるような音と共に、すぐ近くに雷が落ちた。

　ズダァァァンッ!!

　ゴォッという地響きに恐怖を覚える。更にあまりに近くに落ちたので、皮膚がビリビリとし、ユリアスの金の髪が舞い上がった。

「くそっ、いきなり雷とは何だっ！」

聖獣狩りの一味が慌てふためいて避難する。再びバリバリと空が軋《きし》み、雷が落ちた。

ズダァァンッ‼

恐ろしい光景だった。真っ黒な雲が荒々しく天を覆いつくし、まるで生き物のようにうねっている。生きた心地がせず、ユリアスがとにかくどこかへ避難しようとしたその時だった。

『ユリアス！　浮気は、絶対許さんぞっ！』

「は？」

落雷の音で聞き取りにくくはあったが、ヴィンセントの声がどこからかしたような気がした。敵から目を離さないようにはしていたが、さすがにこれにはユリアスも空を見上げてしまった。

「っ！」

そこには銀色の竜がいた。十年前のあの竜だ。いや、あの時よりも大きくなっている。

『ユリアス、嘘でも他の男を誘惑するな！』

「え？　え？　まさか、ヴィンセント⁉」

姿かたちは違えど、この声といい、莫迦な物言いといい、ヴィンセントだ。やはり、思い出した記憶に間違いはないようだ。

十年前、私を助けてくれたのはヴィンセントだったんだ――。

『私じゃなかったら誰なんだ』

「だけど、君は獅子だろう？　その姿は何なんだ」

『後で説明する。今はそんな話をしている場合じゃない。お前はその男に何てことを言うんだ！』

「それこそ今、そんな話をしている場合ではないだろ！」

思わずヴィンセントに突っ込んでしまう。だがヴィンセントの声はユリアスにしか聞こえないようで、聖獣狩りの男どもは二人の会話など聞いている様子もなく、逃げ惑っていた。

「竜だ！　竜が出たぞ！」

「くそっ、やはり白猫には竜がついていたか！　俺たちを騙すために隠れていやがったな！」

男が再び剣を握りしめてユリアスを襲ってくる。だが剣を振り上げた矢先、雷が剣めがけて落ちてきた。

「うわぁぁぁっ！」

男たちの悲鳴が轟《とどろ》くと同時に、たくさんの馬の蹄が遠くから聞こえ始めた。近衛兵がやっと来たようだ。

「お頭！　まずいですぜっ！　兵士の数が多すぎる！」

「くそっ！　せめてお前だけでも一緒に来いっ！」

男がユリアスの手を取ろうとすると、暴風が彼を襲った。いや、竜が腕で男を薙ぎ払ったのだ。

「うわぁっ！」

男が血まみれになり地面に叩き付けられる。竜の鋭い鉤爪が当たったのだろう。死んではいないようだったが、かなりの重傷に見えた。しかし仲間は自分たちが逃げるのに必死で、助けようとする者もいない。皆が逃げ惑う中、次々と近衛隊に捕らえられていった。

だがユリアスはそんな騒動も気にならないほど、目の前の竜に気をとられていた。

美しく大きな銀の竜がユリアスの前で頭《こうべ》を垂れる。まるで白猫に忠誠を誓っているかのようにも見えた。

『乗れ、ユリアス』

「乗れって……君、本当にヴィンセントなのか？」

再度確認してしまうほど、信じられない。ヴィンセントは獅子のはずだ。竜だなんて聞いていない。しかしヴィンセントはユリアスの動揺など構わず、不機嫌さを隠さず答えてきた。

『だからそれは後で説明する。つべこべ言わず早く乗れ』

命からがら聖獣狩りの輩との駆け引きをしていたのに、その態度はないだろうと、少しムッとする。

「そんなに急かさなくてもいいだろ。それにゲランはどうするんだ」

『あんな罠に捕まるような能無しは知らん。お前の護衛も兼ねていたが、即刻お払い箱にしてやる』

「護衛？」

どうやら色々とヴィンセントとゲランの間で画策していたようだ。

『あいつのことは近衛隊に任せればいい。さ、行くぞ』

背中を差し出してきたからには、その上に乗れということなのだろう。ユリアスは渋々彼の背中に飛び乗り跨った。すぐに彼が立ち上がる。その反動で振り落とされそうになり、ユリアスは慌ててしがみついた。

「はぁ……、落とさないでくれよ」

『当たり前だ。だがお前もしっかりしがみついていろよ』

大きな羽音と共に空へと舞い上がる。不機嫌なわりには、ユリアスが落ちないように慎重に飛んでいることがわかった。

地上を見下ろせば、聖獣狩りの男たちが捕まっているのが目に入った。どうやら今回の騒動はこれで取り敢えず終息を迎えそうだ。

「なあ、もしかして私は聖獣狩りを捕まえるための囮だったのか？」

何となくヴィンセントに尋ねてみた。別にそうだとしても怒るつもりはない。しかしヴィンセントはその質問が気に入らなかったようで即答してきた。

『そんな訳あるか。お前が傷つくことは絶対許可しないし、お前を囮にするくらいなら、自分でどうにかする。今回のことは予想外だった。いや、もしかしたらゲランに嵌められたかもしれん。お前を巻き込めば私が前線で動くとわかっているからな』

「……相変わらず、君たちって仲がいいよね」

『どこがだ』

ヴィンセントは認めたくないようだが、悪友というのか、ユリアスとは違う繋がりをゲランと持っているのは明確で、ちょっと嫉妬してしまう。

『ほら、もう城に到着する。降りるのに揺れるかもしれないから、しっかり掴まっていろよ』

ヴィンセントの言葉に視線を前に向ければ、見慣れたアスタルス王国の王城が目に入った。それでようやく人心地がついたようなそんな気持ちが胸に広がる。その思いにユリアスはふと気付いた。

いつの間にか、ここが私の居場所になっていたんだ……。

そんな自分の感情に、ユリアスは苦笑するしかなかった。

◆ Ⅵ ◆

「王太子が帰城された！」

「おお、ご無事だった！」

「ユリアス王子も大事なさそうだ！」

城へヴィンセントが竜の姿のまま到着すると、大勢の人間が迎えに出ていた。その中にはヴィンセントの補佐官のルシアンや、ユリアスの従者、シャンダの姿もある。

だが、誰もが二人が無事であったことに安堵の色を見せるだけで、シャンダ以外はヴィンセントの竜の姿に驚いた様子はなかった。それでアスタルス王国の側の皆が竜について知っていたことにユリアスは気付く。

ユリアスの驚きをよそに、ヴィンセントは城に戻った途端、するりと竜から人間の姿に戻った。いつものヴィンセントの様子に、ようやくユリアスは言いたくて仕方がなかった文句を口にする。

「ヴィンセント、これはどういうことだ！　君は獅子じゃなかったのか？　それに躰の具合は良くなったのか？」

しかしヴィンセントはその問いには答えず、ルシアンからさっさと外套を受け取ると、取り敢えず素肌に羽織った。そして有無を言わせずユリアスを抱き上げ、そのまま城の奥へと突き進んだ。

「な、ヴィンセント！　下ろせ。皆が見ている」

ついさっきまで昏睡状態だったヴィンセントに抱き上げられては、どちらが病人かわかったものではない。もちろんユリアスも病人ではないが、その扱いは病人へのものと変わらない。

だがその言い分も完全に無視され、ヴィンセントに運ばれるまま、彼の私室へと連れていかれた。そして大きな天蓋《てんがい》付きのベッドへとやっと下ろされる。

「獅子だから万年発情期だと言っていたじゃないか！　それで人を散々抱いておいて……獅子じゃないって、どういうことだ⁉」

「まあ、お前を目にしたら、獅子じゃなくても万年発情期になるだろうが」

「はあ？　ヴィンセント、説明しろ」

キッと睨み上げるが、ヴィンセントの不満げに見下ろしてくる視線とかち合う。

「説明しろ？　私も、お前に説明してもらいたいものだな。お前、あそこであの男に自分の容姿を使って誘惑しようとしていただろう？　どうして自分の身を粗末にする？」

どこから見ていたかは知らないが、このヴィンセントの不機嫌な様子からかなり前から見ていたのだろう。

「粗末になんてしていない。あれはきちんと計算した上での言葉だ。身に危険が迫れば、躱すつもりだった」

嘘だ。計算なんてしていなかった。取り敢えず時間稼ぎになるように、訳のわからないでたらめを並べていただけだ。それで援軍が間に合わなければ、それはそれで次の案を必死で考えていただろう。

しばらくじっと睨み返していると、ヴィンセントが観念したかのように長い溜息をついた。

「はぁ……。頼むからお前の躰を粗末に扱ったりするな。お前は私の命そのもの、いや命より大切なものなのだから。お前に何かあったら、私も死ぬぞ。そうなったらお前はアスタルス王国王太子の殺人犯で捕まるからな」

「は？　何を言っている」

「事実を口にしているだけだ」

ヴィンセントがベッドに腰掛けているユリアスをふわりと抱き締めてきた。

「頼む、私を冷や冷やさせるな」

彼の必死な声にユリアスは目を瞑る。

「――お前だって、私を冷や冷やさせたじゃないか」

ぽつりと心の底に溜まっていた言葉が唇から零れた。

「お前だって、突然昏睡状態に陥って、私を不安にさせたじゃないか」

ヴィンセントがユリアスの首筋から顔を上げる。そして正面から顔を見つめ、そっと頬を指の腹で撫でた。

「――そうだったな。すまん」

そんな優しい声で謝られたら、涙が出そうになる。ユリアスは胸に込み上げてきた熱を吐き出さないように堪えた。

「そうだった、じゃない。どうしてあんな風になったんだ？　もう大丈夫なのか？」

「大丈夫だ。あんな昏睡状態になったのは、お前に捨てられる、早く竜に戻らなければ、と焦ったからだ」

「え？　罠で力を吸い取られたのをきっかけに具合が悪くなったのではないのか？」

予想外の答えにユリアスは目を大きく見開いた。

「罠なんて、ただのきっかけに過ぎないさ。あんな罠の無効化など、以前から幾つもやっている」

それも驚きだ。そんなことをしながら、彼はユリアスの前では平然とした顔をして過ごしてきたというのか。普通の先祖返りなら、一日以上は寝込むと聞いている。悔しいが、彼らが使う呪術を施した武器は、それなりに効果があるのだ。

「幾つもやっているって……やはりそれが原因だろう？」

「違う。お前が私を立派な王太子にすることが願いなどと言って、私を突っぱねたからだ。お前は私を捨てる気だっただろう？　私の言葉も聞こえない振りをして……」

「な……」

「早く力を戻して、本来の姿、竜にならなくてはお前を引き留めておけないと焦ったからだ。躰が私の気持ちを察して、急激に体力を取り戻そうとしたため、昏睡状態に陥った。竜ではよくある話だ」

「よくある話って……そもそも竜なんて稀少種すぎて、よくある話であるはずがないだろう」

都合よく話を切り上げようとするヴィンセントを、目を眇めて見つめる。それなのに彼は幸せそうに笑った。

「竜は愛するつがいのために生きる」

「っ……」

竜は聖獣の中でも別格とされ、別名『神獣』と呼ばれている。

神に近い性質を持っている竜にとってこの地上の気は毒で、この地では長く生きられないことにも所以していた。

そのため竜の先祖返りの多くはこの地上から離れ、竜となり天空へと消えていく。

だが、ただ一つだけ竜がこの地上で生きられる方法があった。

愛する『つがい』だ。

先祖返りであるつがいと共にあるなら、どこででも生きていけるといわれている。竜はつがいとの愛で生きる生き物なのだ。

「ことわざで『甲斐なき白猫は竜を従え、夜を明かす』とあるが、あれは一見、白猫が竜に守られているように思われるが、実際は竜を生かしているのは白猫だという言い伝えで、白猫が竜を制しているということから転じたものだ」

「白猫が？」

「ああ、いつの間にか由来が違って伝わってしまったらしいな」

「白猫が竜を制して……」

それならば、ヴィンセントは、ユリアスが白猫だったから今まで執着していたということなのだろうか。

ヴィンセントの愛は彼のことを思うと応えられないものだったが、それでもその愛に打算があったのかと思うと、胸が押し潰されそうになった。

やはり自分は思った以上にヴィンセントが好きなのだ。そんな打算があったと思いたくないほどに――。

辛くて視線を伏せると、彼の指先がユリアスの頬から唇へと伝う。愛を囁くような仕草で柔らかく唇に触れた。

「また何か卑屈なことを考えているな」

「卑屈って……」

「一応言っておくが、私はお前が白猫だったから好きになったんじゃないからな」

ユリアスの心を読んだかのような言葉に、再び視線を彼に向けた。熱の籠もった瞳がユリアスを縛り付けて離さない。

「竜と白猫は対でよく表現されるが、竜のつがいは別に白猫に限られたものではない」

確かに最弱と言っても過言ではない白猫にとっては、最高位の聖獣でもある竜は、またとない最高の伴侶になるが、竜にとっては、どの聖獣がつがいでも構わないのだろう。

「好きになったお前がたまたま白猫だっただけだ。私はお前が人間であったとしても、お前に恋をしていた」

「莫迦なことを。人間とつがいになったら竜はこの地上で生きていけないぞ」

「そうだな。だが、お前とつがいになれなかったら、私はこの地上だけでなく天空でも生きてはいけないだろう。お前がいなければ、どこでも生きてはいけない」

「っ……」

どんなに自分の思いを否定しても、胸から熱い想いが湧き起こってくる。ヴィンセントに愛されている喜びを隠せない自分がいる。

どうしていいかわからない。彼には王太子として未来のアスタルス王国を盛り上げてほしいのに、彼の想いを無視しなければならないのに――、苦しくてどうしようもない。

溢れる想いを隠す場所がもうどこにも見当たらなかった。でも降参はしたくない。彼の未来のためにも、負けてはならないのだ。

「君は獅子だったはずだ。獅子の痕跡があった。それなのに竜って……」

共に肌を重ねた時も、彼から感じたのは獅子のイメージだ。だが今思えば、ユリアスは絶頂に達すると白猫の一部が現れてしまうが、ヴィンセントに関してはそれが全然なかった。

彼が獅子であったところを実際にはユリアスは見たことがない。獅子というイメージだけで、ヴィンセントの聖獣を獅子だと思い込んでいた。

「獅子はルシアンの聖獣だ。力が弱っている竜だとばれたら、聖獣狩りなどで恰好の獲物になってしまうだろう？　それでルシアンに力を借りて、獅子の先祖返りの振りをしていた」

力が弱っている――。

ユリアスはその言葉に思い当たることがたくさんあった。それはきちんと自分が知らなければならない大切なことだ。

ユリアスは呼吸を整え、真っ直ぐヴィンセントを見つめた。

「――君が力をなくしたのは、私の命を救ったためなのか？　あの時ビジャールの王城の裏の森で出会った竜は、君だったんだろう？」

ヴィンセントの深い蒼の瞳が僅かに揺れる。

「私を助けるために自分のエネルギーをほとんど私に与えたから、君は竜の本来の力を失ったと言うのか？」

彼が一瞬視線を逸らすのを見逃さなかった。ユリアスは勢いで彼の襟元を掴み上げた。

「ユリア……っ」

驚く彼の胸元に、ユリアスは頭を引っ付けて唸る。

「くっ……どうしてそんなことをしたんだ！　どうしてそんな危険なことをしたんだ……」竜という稀少種はこの世界の宝だとも言われているんだぞ！

彼の手がユリアスの頭にそっと触れるのに気付きながらも言葉を続けた。

「私は君にあの時初めて会ったはずだ。君もそうだろう？　見も知らぬ子供に君の竜の力を与えたなんて……そのために十年も君は不自由な生活を強《し》いられたなんて……どうしてっ……」

「お前は私を助けようと盾になってくれた。そんなお前をどうして放っておける？　どうして惚れずにいられるんだ？」

「え……」

彼の胸元から顔を上げると、すぐ目の前に美しい蒼の双眸がこちらをじっと見つめているのとかち合う。

「私がお前に竜であることを黙っていたのは、お前に気を遣われたくなかったからだ。恩義を感じて、私のつがいになると言われたくなかったからだ」

「ヴィンセント」

「正々堂々とお前をつがいにしたい。そこに哀れみなどいらない。私のことを体裁など関係なく純粋に愛してほしい。私はそんなお前の心を手に入れたいんだ」

「何をロマンチストみたいなことを……」

「知らなかったか？　私は結構ロマンチストなんだ。今だってお前の愛が欲しくて、どうしていいか必死に考えている」

彼がゆっくりとユリアスをシーツへと押し倒した。ギシリとベッドが軋んだが、ユリアスはそのまま彼の首に手を回した。

元々外套しか着ていないヴィンセントはすぐにその逞しい躰を晒す。ユリアスの服を手早く脱がせ、二人して裸でシーツの上へと沈んだ。

「お前がいないと、私は生きていけない。どうしたらお前のその頑なな心を解かすことができる？」

額がくっつきそうになるくらい近く、ヴィンセントがユリアスに顔を寄せ、囁いた。じわりと胸が締め付けられる。これ以上彼を突っぱねることができない。湧き起こる愛情にもう蓋《ふた》をするのは無理だった。

「――どうして、そんな困らせるようなことをばかり言うんだ」

「困るくらいなら、素直になればいい」

ヴィンセントが人の気も知らないでそんなことを言いながら額に唇を落とした。それを機に、とうとうユリアスの隠しきれない想いが堰《せき》を切って溢れ出す。

「っ……君と別れたくない――――。君の傍にいるから……だから王国の跡継ぎを得るために結婚しろ。君の愛人やどんな立場になっても私は耐えるから。以前も言ったはずだ。私の願いは君が揺るぎない王国を造ることだ。国や国民を守り、強い国を担う王になれ」

「ユリアス――――」

ヴィンセントが瞠目する。彼の蒼い瞳に吸い込まれそうになりながら、ユリアスは彼の視線を正面から受け止めた。

「君を愛しているからこそ、君の幸せを、王国の幸せを願うんだ。立派な王になれ」

「何を莫迦なことを言っている。愛しているお前を愛人だと？　人に後ろ指を指されるような立場にしろと言うのか？　私はそんな甲斐性のない男じゃない。それにお前がつがいになってくれたら、私はお前が思っているよりももっと立派な王になってやる。私を信じろ」

「信じろって……そんなこと」

信じてどうにかなる話ではない。ユリアスは眉間に皺を寄せた。するとその皺をヴィンセントがそっと指で押さえた。

「私の後継者は姉の息子だ。お前の承諾もいるが、時期が来たら養子に迎えるつもりだ」

「え……」

「お前の願いはできるだけ聞いたつもりだ。だから今度は私の願いをお前が聞く番だ」

「な……」

何となく外堀を埋められている気がしてきた。思わずヴィンセントの下から逃げようと腰をずらした。だがすぐに押さえ込まれる。

「逃げるなよ」

彼が人の悪い笑みを浮かべた。

「お前がどんな理由を並べても、全部潰していく。私から逃げられると思うな。お前が嫌だと言っても手放す気はない。だから私と一緒にいることを選べ」

「……ヴィンセント」

「お前の居場所はここだ。私の隣だ。もう居場所がないなどと言わせない」

「っ……」

鼓動が大きく爆ぜる。ユリアスはヴィンセントの顔を見上げた。

自分のこの心の内など誰も気付かないと思っていた。こんなコンプレックスを知っている者など誰もいないと思っていた。

「ヴィンセ……」

声が震える。彼の蒼い双眸が優しく細められた。

「諦めるな。私と一緒になると腹を括れ」

「くっ……どうして君は私の弱いところを突いてくるんだ。居場所がないって思っていたって、どうして知っているんだ――」

「お前とは長い付き合いだ。そんなこと知っているに決まっているだろうが。お前こそ早く気付け。私の隣が居場所だと」

そう言いながら、ヴィンセントが唇にキスをそっと落とした。そして間近で見つめ、また唇を重ねる。そんな啄《ついば》むような短いキスを何度も重ね、鼻先を擦り合わせて吐息だけで囁いた。

「愛している――ユリアス」

その声に心臓を鷲摑《わしづか》みにされた。切なさに痛みが交じり、ユリアスは小さく首を振った。

「そんなことを言って――それで君が誰かと結婚して私を一人にしたら、私はみっともないまでに君に執着して、泣いて……ぼろぼろになる。絶対君に嫌われる」

「う……待て。私はお前に凄く愛されているのか？　今、お前、熱烈なことを言っているぞ」

「君は莫迦か、そう言っているだろ！」

ぎゅっとヴィンセントの首にしがみついて叫ぶ。すると彼が小さく笑った。

「ああ、私は莫迦だな。私の想いはしっかりとお前に通じていたと思っていた。どうやらまだ足りなかったようだな」

「っ……」

「いいか、お前以外の誰と結婚するんだ？　言っておくが、私はお前と初めて会ってから、ずっとお前一筋だ。竜の一途さを見くびるな」

「白猫だって……一途だっ……」

ヴィンセントの瞳が僅かに見開く。そしてすぐに苦笑した。

「参ったな、本当に熱烈で、我慢できなくなるぞ」

「う……」

顔に熱が集中する。慌てて両手で顔を隠すが、それでも視線が突き刺さり、いたたまれない。恥ずかしくてどこかに逃げたくなったが、しっかり押さえ付けられているので、それも無理だった。

ヴィンセントが嬉しそうに、ユリアスの顔を隠していた手へキスの雨を降らせた。

「ほら、早く手をどけないと、お前の手に白いところがなくなるほど、キスマークをつけるぞ」

「な……」

少しだけ手をずらして彼を見上げようとしたら、すぐさまに唇を奪われる。

「んっ……」

軽いキスは次第に深くなり、同時にヴィンセントの指がユリアスの頬を触り、ゆっくりと顎、首筋へと指を滑らせる。鎖骨を撫でられたかと思うと、既にぷっくりと腫《は》れ上がったユリアスの胸の突起に、指を絡ませてきた。

「あっ……」

小さな刺激なのに、ユリアスは声を出してしまった。キスをしていた彼の口端が少し上がったのを唇の動きで感じ、すぐ目の前にあった彼の耳朶をちょっとだけ引っ張って抗議する。

「ごめん、ごめん。あまりに可愛くて」

ヴィンセントが唇を解放し、そんなことを言ってきた。

「可愛いって言う……あぁっ……」

文句を口にした途端、指で弄っていないほうの乳首に彼が吸い付きしゃぶってきた。

「な……喋っている……とき……に、ひきょ……うっ……あぁぁ」

いきなりきつく吸われ、下半身が甘く痺れる。更にもう一方の乳首は、指の腹で乳頭を押し込むようにして捏ねられ、同時に両乳首を責められた。

躰中が熱い。

中から炙《あぶ》ってくるような熱に溺れそうだった。淫らな熱が甘く淫蕩にユリアスの神経を犯してくる。だが、それに抗うことなどできなかった。

愛しているから――――。

愛している人から与えられる熱に幸福さえ感じてしまうから。

ユリアスは無意識に自分の胸にヴィンセントの頭を抱えた。するとそれまで乳首を弄っていた彼の手がするりと下に落ちていく。そしてそのまま勃ち掛けていたユリアスの下半身に触れた。その刺激にユリアスの躰の芯がキュッと締まる。

「あ……」

官能の焔が一つ、そしてまた一つと灯る。足を彼の腰に絡ませると、彼の猛々しい雄がユリアスの太腿に当たった。ジュッと火傷をしそうなほどの熱は、益々ユリアスの躰を翻弄する。

「ああっ……」

とうとう腰が揺れてしまう。浅ましくも彼が欲しいと躰が訴えた。ヴィンセントはユリアスの下半身を扱きながら、快楽の淵へと追い詰めてくる。

「だ……めっ……あ……っ……」

駄目と言っているのに、ヴィンセントは再びユリアスの乳首を唇で愛撫し始めた。

「ああぁっ……」

ヴィンセントの器用な舌に乳頭を搦め捕られる。まるでキャンディでも舐めるかのように、舌の上で転がされた。

「んっ……」

嬌声が零れ落ちないように歯を食い縛ったのが、ヴィンセントは気に入らなかったようで、ユリアスの乳頭に歯を立て、甘く噛んできた。じんわりと淫猥な痺れがユリアスの躰の奥から生まれる。

「あっ……ふっ……あぁ……」

ピクンと白い耳が頭から飛び出してしまった。それをヴィンセントが愛しげに見つめてくる。

「相変わらず、乳首が弱いよな」

同意を求められても答えることができず、ユリアスは軽く自分を組み敷く男を睨み上げた。

「どこもかしかも私のために感じてくれるようになったな」

「っ……どうしてそういう恥ずかしいことを言うんだ」

カッと頬が熱くなる。初めて発情期を迎え、彼と肌を重ねた時から、ユリアスは彼以外の誰かとベッドを共にしたことはない。だから、本当はヴィンセントが言うことは嘘ではないのだ。

彼に快楽を教えられた――。

「君を私の発情期に巻き込んでしまったのは悪かったと思っているけ……」

言葉の途中でヴィンセントがユリアスの唇の上に人差し指を乗せた。

「巻き込んだのは私だ。お前の発情期をずっと狙っていて、タイミングを計っていた。気付かななったのな?」

「……何となくそうじゃないかと疑うことはあった。だが、あまり考えないようにしていた。いつか別れるかと思うと、君が私のことを愛しているというのを、なるべく意識したくなかったから」

彼と別れることを前提としていた付き合いだったので、少しでも傷を浅くしようとしていた自分がいた。

「莫迦だな。ったく、私が必死に口説いても相手にしてくれないはずだ」

「今だって、まだこのまま本当に君といていいのか悩んでいる」

自分の迷いを口にすると、ヴィンセントがこれ見よがしに大きな溜息をつく。

「もう、お前は悩まなくていい。何があっても私がすべて解決するから、悩むな」

「悩むなって……」

思わずムッとして言い返すが、呆れたような視線を寄越された。

「まず、私から簡単に逃げられると思っているところも気に食わない」

「気に食わないって……そんな言い方あるか？」

「今だから言うが、お前に出会って翌年に城に呼んだのは、私の竜としての力が弱っていたからだ。万が一、お前に何かあっても駆けつける力もなかった」

彼の言葉にユリアスも視線を落とす。その原因を作ったのはユリアス自身だ。

「あの聖獣狩りの男らが、お前を簡単に諦めるなんて思っていなかったからな。だから一刻でも早くお前を手元に置いて、いろんな危険から守り、発情期に入ったらすぐに手を出すつもりだった。まあ、準備万端で待っていたお陰で、お前の初めてを貰うことができたから、概ね思い通りになったがな」

神妙に彼の言葉を聞いていたが、途中からユリアスの気持ちとは裏腹な話に変わっていく。

「はあ？」

「それくらい用意周到に根回しをし、お前に執着しているんだ。簡単に逃げられないって、いい加減に理解しろ」

「理解しろって……、君、ちょっと怖いぞ！」

「ああ、確かに怖いかもな。お前に関しては少々自覚がある。王太子を犯罪者にするもしないもお前次第だ」

「どうして脅す」

「脅しているつもりはないが、なりふり構っていられないだけだ。大体、愛を告げても懇願しても駄目って、どうしたらいいんだ？　どうしたらお前は私のつがいとして一緒にいてくれるんだ？　お前だって私とつがいになりたいって前から思ってくれていたんだろう？　もう逃げたり、悩んだりするな」

「なっ……どうして私が君のつがいになりたいなんて思うんだ。しかも前からって」

「それは……」

彼が一瞬言い淀む。ほら見たことか、とユリアスは彼を追い詰めた。

「それは？」

意地悪に問い返してやると、彼が申し訳なさそうに言葉を足してきた。

「テテだ」

「テテ？」

虹色の羽根を持つヴィンセントの小鳥の名前だ。どうしてそこにテテの名前が出てくるかわからず、ユリアスは首を傾げる。

「あー、要するに、竜は翼を持つものと会話ができる」

そういえば、昔、そんなことを聞いた覚えがある。

「だから、テテとももちろん会話ができる」

刹那、ユリアスの躰が固まった。そして嫌な予感がぐるぐると脳裏を回り出す。

「ななな……」

ユリアスはそのまま躰を反転させ、シーツへ突っ伏した。

そうだ。そうだった。ユリアスはよくテテに向かって一人語りをしていた。その中にはヴィンセントに対する想いや、彼との未来についての相談など、とにかくヴィンセントに聞かれたくないことを、たくさんテテ相手に話していたのである。

テテ～ッ!!

顔から火が出そうだった。テテが相手だからと素直に口にしていた相談事が、全部ヴィンセントに筒抜けだったかもしれないと思うと、即刻ここで儚《はかな》くなりたいとさえ願う。

「もうお前が可愛くて、可愛くて。私の心臓がどれだけ止まりそうになったか教えてやりたいくらいだ」

聞くのも恥ずかしくて両耳を塞ぐが、そんなことではヴィンセントの声は遮断できなかった。しっかりと聞こえてくる。

「それなのに私に対しては冷たいことを言うし、別れようとする。本当にこれほど早く竜に戻らなければと思ったことはなかった。早く竜に戻って、正式につがいの儀式をしない限り、生きた心地がしなかった」

つがいの儀式とは、お互いの血を舐め合い、その後、手の甲に赤い薔薇の徴が現れることで成立する、言わば最強のマーキングだ。

竜の力が存分に発揮できなかった間は、この儀式も行えなかったようだ。

「ヴィンセント！　テテを味方につけるなんて、卑怯だ」

振り返って彼に文句を言うと、彼がにやりと笑った。

「そうかな？　テテもお前の頑固さを心配していたぞ？」

耳朶をしゃぶられながら下半身を扱かれる。ユリアスの下半身が快感にうねった。

「心配って……んっ……」

シーツにしがみついていた躰を軽々と反転され、再び彼と向かう形で組み敷かれる。

「ユリアス、お前が欲しい。本当の意味で私のつがいになってくれ」

下唇をきつく吸われながら懇願された。ユリアスとしては、色々と騙された気分がするので、簡単には頷きたくない。

でも――。

もう自分の心に素直になったほうがいいことはわかっていた。

ヴィンセントがなかなか返事をしないユリアスに焦れたのか、唇を鎖骨に滑らせ、甘く噛んだ。

「んっ……」

疼くような感覚が下肢から駆け上ってくる。躰を震わせると、ヴィンセントの指がユリアスの臀部へと移った。

「あっ……」

指とは別に、彼の唇が更にきわどい場所へと移る。鎖骨から乳首へと滑り落ち、そこを執拗に舐めた後、そのまま肋骨《ろっこつ》を確かめるように口づけられ、そして臍から下腹部の中心を伝い、ユリアスの淡い茂みの付け根に唇を這わせた。

「んっ……」

双玉を唇で挟まれ揉まれる。そんなところを噛まれ、ユリアスはどうしようもない羞恥に襲われる。

「っ……」

どうにか両手で真っ赤な顔を隠していると、ヴィンセントの長い指が蕾に触れてきた。

「解そうか」

わざとだろうか。茂みの中で震えるユリアスの劣情には触れず、ヴィンセントはユリアスの膝裏を摑んだ。そのまま引き寄せられ、尻の孔が見えるまで高く、両肩に太腿を担ぎ上げられた。

「あ！」

気付いた時にはヴィンセントが顔を寄せ、舌で愛撫をし始めていた。

「っ……あぁ……っ……」

ユリアスの秘部に熱い吐息が掛かった途端、ピチャピチャという湿った音と共に、生温かい感触が生まれる。ヴィンセントがユリアスの蕾を舐めたのだ。

「んっ……あぁぁ……」

敏感な襞を舌で突かれたかと思うと、彼の舌が奥へと侵入してきた。ちろちろと際を擦るように舐め上げられ、ユリアスは大きく喘いでしまう。

「ふ……あぁっ……あぁぁぁ……」

ヴィンセントは蕾を舐めるだけでなく、甘噛みしたり、きつく吸ったり、痛いような痛くないような絶妙な刺激を与えてきた。

「やっ……あぁ……」

思わず衝動で尻尾を出してしまう。その尻尾でヴィンセントの頬を叩こうとすると、容易に捕らえられた。

「相変わらずやんちゃで、可愛い尻尾だな」

するりと指で撫でられる。ぞくぞくっとした淫らな痺れが尻尾から全身へと広がった。

「んっ……あぁ……」

「今日はユリアスが私の上に乗って動いてくれるか？」

彼の甘い声に小さく頷く。すると、吐息だけでヴィンセントが笑ったのに気付く。

「やはり私はお前に愛されているんだな」

そんなことを嬉しそうに言うヴィンセントを目にし、ふと胸が痛くなった。自分だけ彼に愛を告げずに彼の傍にいるのが、不実な気がしたのだ。恥ずかしくても、言い慣れないことでも、口にしなければならない言葉があるのを、ユリアスは改めて感じた。

「――当たり前のことを言うな。私が愛してもいない男と何度も寝るなんてある訳ないだろう？　もっと察しろよ。私がどんなに君が好きか。どんなに愛しているか、もっと気付けよ」

「ユリアス――」

「今まであまり言わなかった私も悪いが……。君が思っているよりも、私は君のことを愛している。君はもっと自惚《うぬぼ》れてもいいと思う」

ヴィンセントが驚いたように目を見開いた。彼の蒼い瞳の中心に自分の姿が映ることの幸せに、ユリアスは酔いしれる。彼の腕の中が自分の居場所なのだと改めて知った。

「はっ……理性を総動員して我慢していたのに、この状況で煽るか？」

「煽ってやる。ヴィン、早く挿れて――」

「うぅ……お前になるべく負担にならないようにしたいのに……くっ、もう挿れるぞ」

我慢できない様子で告げられ、その様子がまたユリアスの快感を刺激する。

ヴィンセントはユリアスを抱え上げ、自分の膝の上に向かい合わせで座らせた。その拍子に既に乳頭を勃ち上がらせていたユリアスの乳首がヴィンセントの胸板に擦られ、背筋に鋭い痺れが駆け上ってきた。

「あぁっ……」

ヴィンセントの張り詰めた男根がユリアスの下腹部に当たったかと思うと、腰を掴み上げられ、そのままヴィンセントの劣情の上へと下ろされた。

「はぁあっ……んっ……」

熱く滾った劣情が、狭い蜜路に強引に押し入ってくる。騎乗位であるため、ユリアスの躰の重さも手伝って、ずぶずぶと深くヴィンセントを呑み込んでいった。

今まで何度も味わった最奥まで入り込んでくる灼熱の楔に、ユリアスは一際愛しさを覚える。純粋にヴィンセントを愛していいのだと、自分を許したせいかもしれない。いつもより、快感は膨らみ、凄絶な喜悦がユリアスを呑み込んできた。

中を隙間なく彼に埋め尽くされることに陶酔する。何とも言えない充足感に癒やされた。

「ユリアス、ユーリ、愛している――」

耳元で熱の籠もった声で囁かれ、躰の芯が蕩けてしまいそうだ。

「ユーリ、愛している。絶対離さない」

「あ……私も愛している。絶対離すな――あぁぁ……っ……」

ヴィンセントがユリアスの腰を持ち上げ、己の欲望を引き抜くと、すぐに最奥まで再びグッと突き挿れた。

「ああぁっ……」

痛いはずなのに、繋がった場所からは快感しか生まれず、ユリアスの劣情が勢いよくそそり立った。

白い喉を仰け反らせると、ヴィンセントが背を伸ばし、その喉へ口づける。ぞくぞくとした痺れが背筋を震わせ、その拍子にヴィンセントをきつく締め付けた。すると彼が見計らったかのようにユリアスの腰をがっちりと摑んで、上下に容赦なく動かした。

「あっ……あああっ……んっ……」

意識が朦朧とする中で、自分を抱く男の顔を見下ろせば、頬に少しだけ竜の鱗が浮き上がっていた。

あ――。

ヴィンセントの本能が彼の理性を凌駕している証拠のような気がして、そしてそうさせているのは自分なんだと思うと、胸に幸せが満ち溢れる。ユリアスはそっと指を伸ばし、その鱗に触れた。

「フフ……竜の片鱗《へんりん》が見せられるほど、力が戻ってきたってことだよな？」

「そうだな」

ヴィンセントは双眸を細め答えると、自分の頬に触れていたユリアスの指先を捕らえ、そこに優しくキスを落とした。

「お前だけだ。私をただの恋する男にしてしまうのは――お前だけだ」

「ヴィン……」

彼の頬にもう一方の手を伸ばす。キスがしたいと思った瞬間、彼からキスをしてくれた。ユリアスは堪らず彼の背中に手を回す。愛しくて愛しくて、大切な彼ともっと一つに重なり合いたかった。

彼もユリアスの気持ちを察して、強く抱き締め返してくれる。額と額が引っ付き、お互いに間近で見つめ合った。ユリアスは彼のぬくもりがもたらす優しい安らぎにそっと瞼を伏せる。

「私もずっと好きだった。私を翻弄するのは君しかいないんだ……君しか……あっ……」

ヴィンセントが再び動きを激しくした。己の激情を浅いところまで引き抜くと、一気にユリアスの隘路へと穿った。

「ああぁぁあっ……はぁっ……ふ……」

ユリアスの腰も彼に合わせて艶《なまめ》かしく揺れ始める。それに合わせてヴィンセントも腰の動きを速め、ユリアスの中を擦り上げ、掻き混ぜた。

「はっ……あぁぁ……」

頭が真っ白になり、ユリアスの躰がふわりと浮いたような気がした。気付けば、ユリアスは白濁とした熱を吐き出していた。それと同時に躰の奥に温かいものが破裂した。ヴィンセントも達したのだ。

下腹部に生温かい感触を覚えて視線を落とすと、自分の腹だけでなく、ヴィンセントの腹にも精液が飛び散っており、その卑猥さに思わず顔がカッと熱くなる。

「勢いが良かったな。ほら、腹だけじゃなく私の顔にも飛び散った」

そう言って、ヴィンセントが手の甲で自分の頬を擦り、そこについた精液をぺろりと舐めた。

「う……舐めるな……っ……」

「今更だぞ。それにしても濃いな。私が留守をしている時も、いつも浮気をせずにいてくれるが、今回、私が眠っている間も、やはり貞操《ていそう》を守ってくれていたということか。私は愛されているな」

嬉しそうに告げられ、ユリアスの顔は益々赤くなって熱を発した。

「貞操とか言うな」

ぶっきらぼうに言い返すも、ヴィンセントの腕の中に閉じ込められ、彼の体温に包まれる。

「愛している、ユリアス。私のつがいになってくれ」

「私は白猫なのに男だ。故郷でもどう扱っていいのか持て余しているような、みそっかすでもいいのか？」

「持て余している？　みそっかす？　どうしてそんなことを思うんだ」

「みそっかすなのは本当だ。白猫は本来女性のほうが力は強く、男は二の次の聖獣だ。それに、この国にずっと留学をしたまま、故国から戻ってこいと一度も言われたことがない。手紙は来ても、私の帰国を望む内容も書かれていなかった。皆、私の帰りをさほど待っていないんだろう」

今まで口にしたことのない弱音を初めてヴィンセントに伝えた。そんなことを気にしているのかと思われるのが嫌で、一度も言ったためしはなかった。だが、

「はぁ……」

ヴィンセントがいきなり大きな溜息をつき、ユリアスを改めて抱き締めてきた。

「悪かった。それは私が悪い」

「え？」

「お前の国から、お前を早く返せと、何度も催促を受けているが、ああだこうだと理由をつけて、引き延ばしているだけだ。お前のところにそういった手紙が来ないのは、私が手放さないと知っているゆえに、大国の王太子の機嫌を損ねたくなかったからだろう」

「は？」

「私は大国の権威を笠に着て、お前の祖国、ビジャール王国の要望を跳ねのけてきた。私の学友として、お前をこちらで引き留める代わりに、平和不可侵条約も新たに交わすくらいに、彼

らの申し出を押さえ付けてきた」

「へ？」

ユリアスにとったら、いつの間にそんな条約を？　である。

「それにお前から帰国できないことに対して何も言われなかったから、あまり気にしていないんだと思っていたんだ。いや、本当はそんなはずはないのに、私は自分の都合がいい風に考えていた。お前を手放したくなかったから――」

思わぬ言葉にユリアスは彼の顔を見上げる。

「悪かった。だが、お前がみそっかすだなんてあり得ないぞ。お前の家族は皆、お前のことを愛している。それこそ私が嫉妬するくらいだ」

「ヴィンセント……」

「そうか……。私の独占欲がお前のコンプレックスを作ってしまっていたのか……」

彼の蒼い瞳が曇る。ヴィンセントのせいだけではない。ユリアスだって家族に直接聞く勇気がなかったのだ。彼のせいだけではない。それに、彼にそれだけ執着されていたという事実を、嬉しく思う自分もいた。

「それは気にしなくてもいい。私の勘違いだったし……」

彼の目尻にそっと触れる。この美しい蒼い瞳が曇るほうがユリアスにとって辛いことだった。

「わかった、こうしよう。ユリアスがそんなコンプレックスなど忘れるくらい、私に愛されればいい。どれほどお前という存在に価値があるか、私が一から教えてやる。だから自分のことをみそっかすだなんて悪く言うな。お前は私の命よりも大切な宝なんだから――」

あ――。

突然、子供の頃に聞いた母の言葉が蘇る。

『あなたの白猫の力に惑わされずに、あなた自身を愛してくれる人を探しなさい』

母上……見つけましたよ。

「ありがとう、ヴィンセント……」

溢れる感情に言葉がついていかない。もっともっと彼に伝えなければならない言葉がたくさんあるのに、ありがとうと言うのが精いっぱいだった。

彼の指先がユリアスの目尻に溜まる涙を拭う。

「もう一度言う。愛している、ユリアス。私のつがいになってくれ」

「っ――私を君のつがいにしてくれ、ヴィンセント」

ユリアスは笑顔で彼の胸にしがみつく。白い尾を彼の二の腕に絡ませながら、全身で彼に愛を伝えたのだった。

◆　Ⅶ　◆

ヴィンセントの白い手袋に包まれた指がせわしなくカウチの肘掛けを何度も叩いた。

目の前には苦笑を浮かべたゲランが座っている。ユリアスはヴィンセントの隣に座り、二人の遣り取りを見守っていた。

「それで、お前はネーロ盗賊団を捕まえるためにユリアスを囮にしたのか？」

「いや、囮というか……。彼らが白猫を追っていたのは知っていたから、ちょっと力になってもらおうと思っただけで……」

ゲランがしどろもどろで言い訳をする。

「それでユリアスをあんな危険な目に遭わせたのか？」

「それはほんと～にっ、謝るっ！」

そう――。あれから色々とゲランの不自然な動きが目立ち、ゲランが今回の事件に一枚噛んでいることをヴィンセントが突き止めたのだ。

ゲランは白猫であるユリアスを囮にして、聖獣狩り、ネーロ盗賊団を一網打尽にしようと画策したらしい。しかし自分が捕まってしまい、結果ユリアスを危険に晒してしまったようだ。実は後で知ったことだが、後方にゲランが用意した聖獣狩り討伐部隊が控えていたのだ。なので、実際はあのまま連れ去られても、その精鋭部隊によって聖獣狩りの男どもは捕まる予定だったらしい。

「大体、作戦なら作戦だと最初に言ってほしい。本当に命が縮んだぞ」

ユリアスもここぞとばかりにゲランを責めた。するとゲランが大きく頭を下げた。

「ユリアス、本当に悪かった。だが、あらかじめ言っておくと、演技だとばれてしまうだろう？　あいつらも百戦錬磨の聖獣狩りなんだ。少しでも真実味がないと騙せ……」

「シラジーク産の名馬……そうだな、牝馬《ひんば》五頭で手を打とう」

ユリアスはゲランの言葉が終わらぬうちに口を開いた。シラジークというのは、名馬の産地で有名な場所の名前だ。もちろん一流の馬であるため値段もかなり高い。

「え……」

案の定、ゲランの動きが止まるが、ユリアスは冷ややかな視線を送った。

「何か問題でも？」

「……いえ、ございません」

ゲランが力なく項垂《うなだ》れる。するとヴィンセントが更に追い打ちをかけた。

「牝馬五頭なんて、安すぎないか？　ユリアス」

「そうかなぁ……じゃあ」

ユリアスが考え始めた途端、これ以上は無理だと言わんばかりにゲランが止めに入った。

「いや、だからさ、もう馬五頭で許してくれって。それに、ヴィンセント、お前も竜なら竜と言ってくれ」

その叫びにヴィンセントの双眸が鋭く細められる。

「ほぉ、私が竜じゃなかったら、ユリアスを奪おうとしていたのか？　親友の私がずっとユリアスを愛していることを知っているのに、な」

「いや、それはユリアスが辛そうだったし、ほら、俺も目の前にぶらさがっている餌に食いつかない訳にはいかないし」

私は餌なのか？　と思いながら、ユリアスはゲランを睨んだ。その視線に気付いて、ゲランが『ひっ』と小さな悲鳴を上げる。すると続けてヴィンセントが口を開いた。

「何が餌だ。人の愛しいつがいを掴まえて、何という言い草だ」

「え？　つがい？」

ゲランが驚いて顔を上げた、人の悪い笑みを浮かべたヴィンセントと向き合う。するとヴィンセントは勝ち誇ったかのように、それまで不自然に嵌めていた白い手袋を、もったいぶって外した。

手の甲には先祖返り同士がつがいになった時にだけ現れるという赤い薔薇の徴が浮き上がっ

ていた。それを嬉しそうにゲランへと見せつけた。

「え――――？　ええっ⁉」

ゲランは驚きのあまりカウチから立ち上がると、正面に座っていたヴィンセントの傍まで行き、その手の甲をまじまじと見つめた。そして急に何かに思い当たったのか、今度はユリアスの手を強引に掴み上げると、そのレースで飾られた袖口を引き上げた。

「なっ！」

ユリアスのほうは、手袋は大袈裟すぎるだろうと思い、袖口のレースに徴を隠していたのだ。

ユリアスの手の甲にも徴を見つけて、ゲランが声を上げたまま固まった。器用な奴だなと思いながら彼を見つめていると、ようやく目にした情報を処理できたようで、わなわなと震え出した。

「な、お前ら、そういうことか！」

「そういうことというのがよくわからないが、私たちはつがいとなった。式はまだ決まっていないが、つがいの儀式は終えたぞ」

次第にゲランの表情に呆れの色が見え始める。

「……もしかして俺は、お前たちの惚気《のろけ》を聞かされるためにここにいるのか？」

「そういうことにもなるな。ああ、もちろん今回の件についての文句もあるし、経緯の説明も欲しかったがな。取り敢えず私たちの悪友でもあるお前に、私たちがつがいになったことを報告しようと思っただけだ」

「ええ！　ユリアス、本当にヴィンセントでいいのか？　脅されたとかじゃないよな？」

ユリアスがヴィンセントから離れようとしていたことを知っているゲランだからこそ、そう言ってくれたのだろう。

「ああ、脅されてもいないよ。それに君が悪運を断ち切ってくれたはずだ。それなのにヴィンセントが私の手を取ってくれたということは、彼との縁は悪くはないと君が保証してくれたも同然だ。そうだろう？」

「はぁ……そうだな。まったく、憑《つ》き物が落ちたかのように晴れやかな顔をしやがって。俺の失恋は決定ということか？」

どこまで冗談かわからないが、そんなことを言ってくるので、ユリアスはにっこり笑って言ってやった。

「いや、最初から君は恋愛対象にはなってないから、失恋も何もないよ」

「傷口に塩を塗るか……」

ゲランがわざとらしく胸を押さえてそんなことを言ってくるので、つい笑ってしまった。

「だけど君がヴィンセントと私の親友だということには違いないから、最初に私たちがつがいになったと報告したかったんだ。色々君にも迷惑や心配を掛けた……ありがとう」

「ユリアス……」

ゲランがユリアスの手をもう一度握ろうとすると、ヴィンセントが二人の間に入ってそれを阻止した。

「ユリアスに簡単に触れるな。彼に触れていいのは私だけだ」

「ヴィンセント、どうしてお前はそんなに心が狭いんだ？」

「ふん、ユリアスの百メートル以内に近づくのを禁止にしたいところを、どうにか耐えているんだ。心が狭いとは心外だな。称賛すべき寛大さだ。崇め奉れ」

「はぁ……言ってろ。ユリアス、つがいを解消したら、いつでも声を掛けてくれ。お前のつがいに立候補する」

そんなゲランの言葉に、ユリアスではなくヴィンセントが返す。

「そんなことは一生、二生、いや三生もないから、さっさと適当につがいを見つけろ。ユリアスに付き纏うな」

いがみ合っている二人を見て、ユリアスは小さく溜息をついた。

「はぁ……本当に、君たちって仲がいいよね」

その声に二人が一斉にユリアスに顔を向け、否定した。

「「どこがだ！」」

ご丁寧に声まで揃う。

「そういうところ」

二人はユリアスの言葉に納得がいかないようで、また睨み合う。

昔からユリアスのことではこうやって冗談半分で二人はいがみ合うが、他についてはユリアスより、気が合うのだ。だから昔、時々二人の仲に入れないことが寂しかったのを思い出す。

ちょっとだけしんみりと二人を見つめていると、ヴィンセントが声を掛けてきた。

「ユリアス、私はお前がいなければ、ゲランと莫迦な言い合いをすることもできないのだから、私とゲランだけではなく、お前もいないとこの関係は成立しないんだぞ？　だから私たち三人が、仲がいいんだ。もちろん愛しているのはユリアスだけだがな」

そう言って、チュッと音を立てて、ユリアスの唇の端にキスを落とした。

「ヴィ、ヴィンセントッ！」

ゲランがいる前でキスをされたことはないし、これからもするつもりはなかったので、思わず大声を上げてしまった。

「愛しているよ、ユリアス」

ユリアスの怒りもまったく関せず、ゲランの目の前でヴィンセントは満面の笑みで愛を告げてくる。

「な……」

恥ずかしさで固まっていると、ゲランが小さくコホンと咳払いをした。

「ま、確かに俺がここにいても、邪魔なだけだろうから、今日は取り敢えず帰るよ。二人とも正式につがいになったってことで、おめでとうな」

「あ、ありがとう、ゲラン」

「ヴィンセント、また聖獣狩りのことで連絡する」

「ああ、わかった」

ほら、やっぱりそういうところは信頼し合って、仲がいいじゃないか……。

さりげなく交わされた会話にも嫉妬してしまう自分に、ユリアスは苦笑した。すると部屋から出ていこうとしたゲランがふと振り返った。

「ああ、そうそう。先日、郷土史を調べたら、先祖返り同士のつがいは、時々男同士でも子供ができるらしいぞ。ふふふ……ヴィンセント、頑張れよ。じゃ、またな」

ドアの閉まる音と共に、ゲランは爆弾発言を落として姿を消した。

え？

子供？

「えっ‼」

ユリアスは顔を真っ赤にして叫んだのだった。隣にほくそ笑む男がいたのは言うまでもない。

END

◆あとがき

ダリア文庫様では、初めまして、ゆりの菜櫻と申します。

今回は聖獣の先祖返りが人間と共存して生活している世界観でのストーリーになります。

実は三ページもあとがきを貰ってしまったので、今回はちょっと詳しく説明してみようかと思います。お時間がありましたら、ぜひ付き合ってくださいね。

このストーリーを作るきっかけになったのは、『招き猫』でした。ご存じの通り、右手を上げていれば、財産が、左手を上げていれば人を招くことから、商売繁盛の願いが叶うという、古くから伝わるラッキーアイテムです。

ラッキーアイテムがいっぱいある世界っていいな……という願望から、今回の話が出来上がりました（笑）。

聖獣の先祖返りが、皆、ご利益を持っているのは、そういう理由からです。

でも、ただご利益を持っているだけでは面白くない。聖獣の中でも力の強いもの、弱いものがいて、その中でも絶対的に人間より強い聖獣もいれば、そうではなく、人間と変わらないほどの弱い聖獣がいてもいいなぁと思ったり、あと聖獣同士の力の相性とかバランスがあって、結婚したら相乗効果抜群！　なんていう力があってもいいかもしれない。などなど、私が伝説の聖獣ハンターだ！　知らぬ聖獣はおらぬ！　くらいの勢いで、聖獣辞典（？）みたいなものを妄想しておりました。

そしてその聖獣妄想辞典を片手に、私の大好きな、馬と剣と、剣、剣……あ、それに王侯貴族の衣装をプラスして、相変わらず好きなもので固めました。

剣が好きです。剣で戦っているシーンで、それがイケメン、イケおじで、流血なしだったら、たぶん一生見ていられる。（すみません。私、イケメン、イケおじ至上主義の心の狭い腐女子であることを、お伝えしておきます）。

今回、素敵なイラストを描いてくださったのは、古藤嗣己先生です。キャララフをいただいた時、どのキャラにも衣装をデザインしてくださり、その衣装がどれも素晴らしく、嬉しかったです。あれがどんな風になるのか、非常に楽しみにしております。ありがとうございます。

そして担当様、いろいろご提案をいただき助かりました。あと、イラストへの指定書が、もうどこかのプレゼン資料みたいなレベルで、びっくりしました。私、あんなに凄いイラスト指定書いただいたこと、なかったです。あれで私のぼんやりしていた世界観がはっきりしました。ありがとうございました。

さて、今回はＳＳを二種類書きました。一つは小鳥たちとヴィンセントの会話を聞いてしまうユリアスの話。もう一つはヴィンセントの補佐官、ルシアンの秘密の恋の話になります。また機会ありましたら、読んでみてくださいね。

あ、まだ紙幅がありますね。全然関係ない話をしようかと思います（おい・笑）。

ツイッターでも呟きましたが、先日、古事記《こじき》に浸ろうと出雲《いずも》のほうへと旅行へ行ってまいりました。そこで、赤猪岩《あかいいわ》神社の鳥居に三つ編みのような、全国的にも珍しい注連縄《しめなわ》が飾られているのに気づきました。ここは、二度蘇った大国主命《おおくにぬしのかみ》の一度目の蘇りの場所で、ある意味、特別な神社でもあったので、この注連縄は絶対何か意味があるに違いないと思ったのですが、ここは宮司さんがいらっしゃらない社で、その場では尋ねられず。更にネットで色々検索しても引っ掛からず、博物館の人に聞いても不明。どうしようかと思っていたところ、古代出雲博物館で出会ったガイドさんが、調べてみますよと申し出てくださり、ガイドさんのご協力の元、この社を管轄する宮司さんにお尋ねすることができました。

でも残念なことに、この注連縄は古くから伝承されているのだけれど、由来や言い伝えは途絶えてしまったという話でした。

日本の伝統文化を調べていると、『途切れてしまった』という天下無双な壁がかなりあり、今回もそれに当たってしまいました。こういうミステリーな部分も日本古来の文化の醍醐味なのかもしれませんが、なんとも惜しい気がします。うぅ。

さてさて最後になりましたが、ここまで読んでくださった皆様、ありがとうございました。ヴィンセントとユリアスの恋の物語を少しでも楽しんでいただけたら嬉しいです。では、またお会いできるのを楽しみにしております。

一途な攻がとっても最高でした!!
ゆりの先生素敵なお話をありがとうございました。

初出一覧

ダリア文庫をお買い上げいただきましてありがとうございます。
この本を読んでのご意見・ご感想・ファンレターをお待ちしております。

〒170-0013 東京都豊島区東池袋3-22-17　東池袋セントラルプレイス5F
(株)フロンティアワークス　ダリア編集部
感想係、または「ゆりの菜櫻先生」「古藤嗣己先生」係

この本の
アンケートは
コチラ!

http://www.fwinc.jp/daria/enq/
※アクセスの際にはパケット通信料が発生致します。

王太子様の白猫花嫁

2019年8月20日　第一刷発行

著　者
ゆりの菜櫻
©NAO YURINO 2019

発行者
辻 政英

発行所
株式会社フロンティアワークス
〒170-0013 東京都豊島区東池袋3-22-17
東池袋セントラルプレイス5F
営業　TEL 03-5957-1030
編集　TEL 03-5957-1044
http://www.fwinc.jp/daria/

印刷所
中央精版印刷株式会社